W0223529

Ginevra

Meer lezen van Simone van der Vlugt?
Kijk op pagina 189.

Meld je aan voor onze nieuwsbrief om op de hoogte te blijven van de nieuwste boeken van Ambo|Anthos *uitgevers* via www.amboanthos.nl/nieuwsbrief.

Simone van der Vlugt

Ginevra

Een Italiaanse liefdesgeschiedenis

Ambo|Anthos
Amsterdam

MIX
Papier van
verantwoorde herkomst
FSC® C014496

ISBN 978 90 263 3705 5
© 2017 Simone van der Vlugt
Omslagontwerp Janine Jansen
Omslagillustratie © Miguel Sobreira / Trevillion Images (vrouw)
en © Sabina Diethelm / EyeEm / Getty Images (achtergrond)
Foto auteur © Wim van der Vlugt
Kaart Florence © A-Select

Verspreiding voor België:
Veen Bosch & Keuning uitgevers nv, Antwerpen

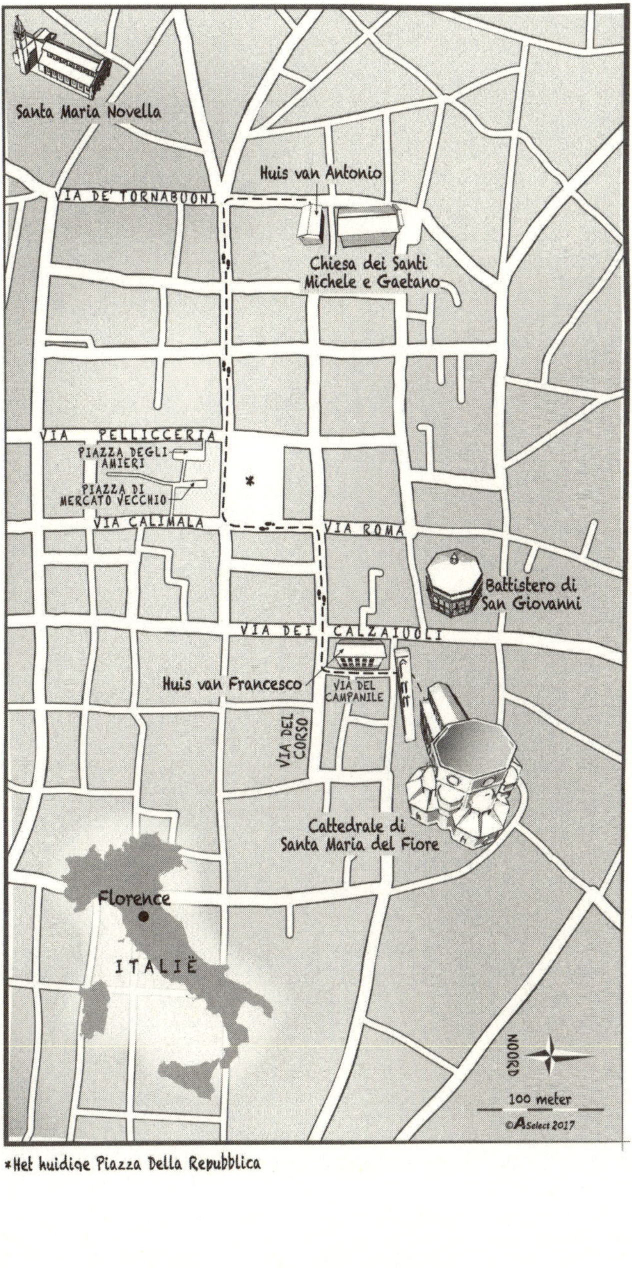

*Het huidige Piazza Della Repubblica

PROLOOG

Juli 1396

De jongeman houdt zijn paard in en kijkt neer op de stad. Daar ligt Fiorenza, een verzameling rode daken, dikke stadsmuren en torens die blikkeren in de zon. De Campanile en het langgerekte schip van de nieuwe kathedraal steken overal boven uit. Zelfs zonder koepel biedt het geheel al een machtige aanblik. Platschuiten varen af en aan over de rivier, kooplieden voeren zwaarbepakte ezels de stad in.

Het is zomer en de zon giet zijn stralen over de glooiende omgeving. Hij weet hoe mooi Fiorenza is in deze tijd van het jaar, met zijn spetterende fonteinen, de overvloedige bougainville en de gele en roze huizen, oplichtend in de zon.

Twee jaar is hij weg geweest. Twee lange jaren waarin hij zich bevrijd voelde en tegelijk heimwee had naar zijn geboortestad. Ondanks die gevoelens is hij niet één keer terug geweest. Tot hij een paar dagen geleden het bericht ontving dat zijn vader was overleden. Hij had onmiddellijk zijn spullen gepakt en Bologna verlaten.

Voorzichtig laat hij zijn paard afdalen.

Het smalle pad komt uit op een oude Romeinse steenweg, die steeds breder en drukker wordt. Voor de Porta Romana staat een lange rij.

Hij sluit aan en moet wachten voor hij de poort door mag, maar dan is hij eindelijk weer in Fiorenza. Ongeduldig drijft hij zijn paard door de drukte op de Ponte Vecchio. Hij zou eraan gewend moeten zijn, het is hier altijd dringen. Misschien komt het door zijn lange afwezigheid dat het hem opeens opvalt hoe druk het er is. Het is een wonder dat de oude brug niet bezwijkt onder het gewicht van de winkels.

Met een zucht van opluchting rijdt hij uiteindelijk de kade op. De oude binnenstad begroet hem met een gewriemel in nauwe straatjes, het geknor van varkens en de altijd aanwezige stank van de Arno.

Tussen de bedelaars, voetgangers, karren en uitstallingen door leidt hij zijn paard naar het hart van de stad.

Hier staan de patriciërswoningen en volle pakhuizen van rijke kooplieden. Hier wonen de families Degli Amieri, Alberti, Brunelleschi, Agolanti en andere vooraanstaande families.

Hij kent deze buurt goed, hij is er opgegroeid. Zonder aarzelen rijdt hij door het web van straten en stegen tot hij bij de Via Pellicceria is. De hoeven van zijn paard echoën door de smalle straat en vervolgens door de steeg die uitkomt op de Piazza degli Amieri.

Op het besloten pleintje houdt hij halt en kijkt naar de overkant, waar het palazzo van de familie Degli Amieri staat. Het is een indrukwekkend gebouw, voorzien van kantelen en twee imposante torens, en het loopt helemaal door tot aan de Mercato Vecchio.

In de erker op de eerste verdieping ziet hij een schim bewegen achter het linnen doek in het venster.

Hij weet dat hij een risico neemt door zich hier te vertonen.

Desondanks blijft hij kijken, in beslag genomen door herinneringen.

Pas als de voordeur opengaat, schrikt hij op.

Een man van middelbare leeftijd, gekleed in een rode, met hermelijn afgezette mantel, komt naar buiten; Bernardo degli Amieri, een van de rijkste koopmannen van Fiorenza. Hij wordt gevolgd door zijn vrouw Patrizia, een aantrekkelijke dame in een purperen gewaad en een met bont versierd jakje. Achter hen komt een meisje naar buiten. Haar lange jurk wordt bedekt door een lichtblauw overgewaad met lange mouwen die tot aan de grond reiken.

Ginevra.

Na al die weken, maanden, jaren waarin hij zich onophoudelijk afvroeg wat ze deed, wat ze voelde, of ze hem miste, staat ze daar. Zo dichtbij.

Ze heeft hem gezien. Even kijken ze elkaar recht aan, tot Bernardo degli Amieri zich naar zijn dochter toe draait en iets tegen haar zegt.

Traag gaat Ginevra's hand naar haar sluier, maar voor ze die voor haar gezicht trekt, glimlacht ze naar hem.

Die glimlach vliegt regelrecht naar zijn hart. Hij lacht breed terug. Pijn en gemis vallen van hem af, het enige wat hij voelt is een helle vreugde. Het kost hem al zijn zelfbeheersing om niet naar haar toe te gaan. Dat heeft geen zin, Bernardo zal hem niet in haar buurt laten komen.

Met zijn ogen volgt hij Ginevra, tot ze met haar ouders om de hoek van de straat is verdwenen.

DEEL I

Ik ben verlost en ik kan me niet bevrijden
ik heb houvast en raak toch van de wijs
ik voel me levend en gestorven beide:
ach, liefde is zowel hel als paradijs!

Francesco Petrarca (1304-1374)

1

Zodra ik naar buiten stap, zie ik hem. Antonio. Hij zit te paard op de piazza en zijn blik is op mij gericht.

Twee jaar heb ik hem niet gezien en nu is hij er weer.

Het is alsof ik een stomp tegen mijn borst krijg en de lucht die ik zojuist inademde er weer uit geslagen wordt. Ik houd mijn pas in en kijk terug.

Mijn vader draait zich met een ruk om. 'Ginevra, je sluier!'

Ik beweeg mijn hand naar achteren en pak de sluier, die aan mijn kap is bevestigd. Intussen kijk ik naar Antonio.

Zijn ogen haken zich in de mijne en even voel ik me verlegen, alsof hij een persoonlijke, geheime wereld is binnengedrongen. Dan glimlach ik naar hem.

Hij glimlacht terug en dan pas laat ik de sluier voor mijn gezicht vallen.

Mijn vader pakt me bij mijn arm en trekt me mee. Zijn lange gestalte onttrekt Antonio aan mijn zicht en ik durf niet om te kijken. Voor ik het weet zijn we de hoek van de piazza om, gevolgd door mijn moeder.

De sluier irriteert me. Ik zou hem willen afrukken en terugrennen, in plaats van rustig voort te lopen.

Toen ik vanochtend opstond was ik al ongedurig. Misschien voelde ik aan dat ik Antonio zou zien. Dat lag voor de hand, aangezien zijn vader vorige week overleden is. Pietro Rondinelli is al begraven, maar Antonio zal zeker zijn familie willen steunen. En nu is hij inderdaad hier.

Ongelooflijk dat er al twee jaar verstreken is. Antonio is nu eenentwintig. Geen jongen meer, maar een man. Toch herkende ik hem meteen.

Ben ik veranderd? Ja, natuurlijk, maar niet veel. Destijds was ik zestien, nu achttien. Dat is niet zo'n groot verschil.

Hij is terug, hij is terug, hij is terug.

De woorden echoën door mijn hoofd, op het ritme van mijn stappen. Vrolijkheid en levenslust stromen door mijn bloed, het liefst zou ik willen zingen. Niet alleen om Antonio, ook omdat vandaag de zomer is teruggekeerd.

Na de regen van gisteren schijnt de zon weer. Het is heerlijk om buiten te zijn. Duiven klapwieken boven mijn hoofd en de gele gebouwen lichten op.

Op de Mercato Vecchio is het een enorme drukte. Voor de *bottega* van de slager hangen geslachte ossen aan haken, omgeven door een wolk vliegen. Een stroom mensen beweegt zich tussen de kramen van de groente- en fruitverkopers door en keurt de uitstallingen met bloemen, kruiden, pasteien en kruiken olijfolie. Iedereen lijkt tegelijk zijn huis uit te zijn gekomen om inkopen te doen.

Ik heb zin om wat rond te lopen en om me heen te kijken. Mijn vader niet. Zoals gewoonlijk neemt hij de kortste weg naar de Santa Maria Novella.

Mijn moeder kijkt naar hem en vraagt: 'Heb je gezien wie dat was?'

'Ja,' zegt mijn vader. Zijn stem klinkt niet alsof er binnenkort een gelukkige hereniging gaat plaatsvinden.

In stilzwijgen lopen we verder, nu en dan bekenden groetend. Vlak voor we de kerk in gaan, doe ik een poging om een weerzien met Antonio bespreekbaar te maken.

'Ik weet dat u ruzie had met signor Rondinelli, maar eens was hij uw beste vriend en nu is hij dood. Moeten we Antonio niet condoleren met het verlies van zijn vader?' vraag ik.

'Geen sprake van.' Mijn vader gebaart naar de openstaande deur van de kerk. 'Je blijft bij hem uit de buurt, begrepen?'

Mijn moeder legt haar hand op mijn arm en drukt hem even. Niet meer over praten, betekent dat.

Ik zucht licht. Het heeft geen zin om op een verzoening aan te sturen. De kloof die onze families scheidt is te diep om overheen te stappen, zelfs nu signor Rondinelli overleden is. Vanaf het moment dat zijn dood bekend werd gemaakt, heb ik uitgekeken naar Antonio. Ik schaamde me omdat het eerste wat ik voelde vreugde was, terwijl hij een periode van rouw in ging. Maar ondanks zijn verdriet heeft hij aan mij gedacht. Hij is zelfs naar mijn huis gekomen.

Ik stap de koelte van de kerk in, loop langs een groep oude, in het zwart geklede vrouwen die op de vloer liggen te bidden, en zie Fiammetta op me afkomen.

'Heb je het al gehoord? Hij is terug,' zegt ze zacht.

'Ja, ik weet het.'

'Dat hij terug durfde te komen! Brutaal hoor.'

'Hij heeft niets misdaan.'

Onderzoekend kijkt ze me aan. 'Je bent toch niet nog steeds verliefd op hem?'

Ik glimlach nietszeggend en loop door naar het beeld van de Heilige Maagd. De afgelopen twee jaar heb ik Fiammetta nauwelijks gezien, maar nu kon ze niet wachten om me te spreken. Ik ben niet van plan om ook maar iets van wat me bezighoudt met haar te delen.

Mijn vader wil niet dat ik contact heb met Antonio, maar ik weet nu al dat ik hem niet gehoorzamen zal. Ik móét hem zien.

Met mijn knieën op de harde plavuizen vloer bid ik vurig. Het is verkeerd om tegen zijn wil in te gaan, en daar vraag ik alvast vergeving voor. Of nee, ik vraag om begrip. De Heilige Maagd zal toch wel begrijpen dat ik Antonio onmogelijk terug naar Bologna kan laten gaan zonder hem gesproken te hebben?

Ik sla een kruis en kijk op naar het Madonnabeeld. Glimlachend kijkt ze op me neer.

Ze vergeeft me. Dat weet ik zeker, want als ik een blik opzij werp, staat Antonio bij de zijbeuk en kijkt naar me.

2

Mensen zeggen dat ik op mijn vader lijk, en dat klopt. Innerlijk dan, want uiterlijk is er geen enkele overeenkomst. We weten allebei precies wat we willen en proberen dat op de een of andere manier ook te krijgen.

Voor een man is dat een eigenschap waar je ver mee kan komen in het leven, voor een meisje een onvergeeflijke karakterfout.

Tenminste, dat is wat ik altijd te horen heb gekregen van mijn moeder. Ze zucht er dan bij, alsof ze het graag anders had gezien maar zich erbij heeft neergelegd. Als ik aan mijn vader denk, hoor ik zijn barse stem, waarvan het effect teniet wordt gedaan door de zachte blik in zijn ogen.

Ik weet dat hij veel van mij, zijn enige kind, houdt.

Dat ik zonder broers en zussen ben opgegroeid vind ik jammer, maar niet onoverkomelijk. Ik had Antonio. Hij was de broer die ik nooit had gehad, mijn kameraad.

De Rondinelli's stammen uit een oud geslacht, dat altijd belangrijke posities heeft bekleed in het stadsbestuur. Pietro Rondinelli was *Gonfaloniere di Giustizia* en had grote plannen met zijn enige zoon. Hij wilde dat Antonio rechten zou gaan studeren in Bologna, zodat hij op een dag dezelfde eervolle functie zou krijgen. Daarnaast handelde Pietro Rondinelli, net als mijn vader, in wol. Het heeft hen beiden zeer vermogend gemaakt.

Onze ouders waren goed bevriend en van kinds af aan trok ik met Antonio op. Hij was de jongste in een gezin met drie zussen, ik was enig kind, waardoor we elkaars gezelschap zochten.

We hielden allebei van lezen en konden uren samen doorbrengen zonder een woord te zeggen. Vaak nam Antonio geschriften voor me mee die jongedames niet hoorden te lezen, maar die zijn zussen erg interessant vonden. De familie Rondinelli was een stuk liberaler dan mijn eigen familie, dus die literatuur hield ik voor mijn ouders verborgen.

Ik weet niet wanneer mijn vriendschap met Antonio veranderde. Het ging heel geleidelijk. Hij werd nors en terughoudend. Van de ene op de andere dag ontweek hij me, tot mijn verdriet en ergernis.

Tijdens het carnaval, ik was vijftien, viel het me op dat Fiammetta en Laura met Antonio wilden dansen, en dat ze zijn aandacht probeerden te trekken. Of ik toen al verliefd op hem was weet ik niet. Waarschijnlijk wel, want ik ergerde me enorm aan hen. En toen Fiammetta me toevertrouwde hoe aantrekkelijk ze Antonio vond, had ik bijna de vriendschap met haar verbroken.

'Het is alleen jammer dat hij altijd zo chagrijnig kijkt,' zei ze, en die opmerking stelde me gerust. Mijn vriendinnen mochten kijken en glimlachen naar Antonio wat ze wilden, hij zag hen toch niet staan.

Binnen een jaar veranderde Antonio van mijn kameraad in een zwijgzame, wat arrogante jongen die alles en iedereen kritisch bekeek. Ook mij, of dat gevoel had ik in ieder geval. Opeens spraken we nauwelijks meer met elkaar op de feestjes en etentjes die onze ouders organiseerden.

Ik herinner me een feest bij Antonio thuis vanwege de verloving van zijn oudste zus Chiara. Het zou een groot feest worden en veel bevriende families zouden komen.

De hele ochtend had ik voor de spiegel staan draaien om te bestuderen hoe ik er op mijn voordeligst uit zou zien als ik op een bepaalde manier glimlachte, en hoe ik het best kon zitten om mijn kapsel tot zijn recht te laten komen.

Tijdens het banket, aan de lange, prachtig gedekte tafel vol gasten, bracht ik mijn studie in praktijk.

Het was het begin van de periode waarin mijn gevoelens voor Antonio veranderden. Als ik hem zag begon mijn hart onrustig te kloppen en voelde ik me opeens nerveus.

De hele maaltijd hield ik in de gaten of hij naar me keek. Helaas leek hij niet in het minst in me geïnteresseerd. Uiteindelijk besloot ik hem te negeren.

Het banket was beëindigd, het dansfeest begon, en ik merkte dat Salvestro Brunelleschi naar me keek.

Zo gracieus mogelijk stond ik op, liep naar het erkerraam en ging in de vensternis zitten. Ik vermoedde dat ik, beschenen door het gouden avondlicht, een prachtig plaatje vormde, met mijn kunstig gekapte haar en mijn zachtblauwe japon.

Op het moment dat ik opzij gluurde wat het effect was, zag ik dat Antonio moest lachen. Hij richtte zich tot Salvestro, die naast hem stond, en zei iets tegen hem.

Salvestro lachte ook. Niet náár mij, maar óm mij.

Woedend stond ik op en liep het vertrek uit.

Fiammetta kwam achter mij aan. 'Wat is er? Wat zeiden ze?'

Ik had liever dat ze binnen was gebleven. Snel knipperde ik mijn tranen weg. 'Dat weet ik niet. Volgens mij lachten ze me uit.'

Fiammetta sloeg een arm om me heen. 'Laat die jongens toch. Ze vinden zichzelf geweldig omdat ze veel te veel aandacht van meisjes krijgen. Negeer ze.'

'Ik begrijp het niet. Antonio is altijd mijn beste vriend geweest.'

'Ja, nou ja, vriendschappen veranderen. Maar die van ons niet.' Ze omhelsde me, en ik liet me door haar troosten.

'Misschien is het maar beter zo,' zei Fiammetta. 'Er gaan verhalen rond over Antonio.'

'Wat voor verhalen?'

'Volgens Massimo gaat hij met bedenkelijke figuren om.'

'Met wie dan?'

'Niet ons soort mensen. Studenten en kunstenaars.'

'Wat is daar mis mee?'

Ze boog zich naar me toe en liet haar stem dalen. 'Ze schijnen zich met verboden zaken bezig te houden.'

'Wat voor zaken?'

'Ik weet het niet precies. Massimo wilde er niet veel over kwijt. Maar jij kent hem goed. Heb je daar iets van gemerkt?'

Ik schudde mijn hoofd.

'Nou ja,' zei Fiammetta. 'Vergeet het ook maar. Het zal wel kwaadsprekerij zijn.'

Ik vergat het niet, maar zocht er ook niets achter dat Antonio andere vrienden had gemaakt. Binnenkort zou hij zelf gaan studeren, dus het leek me begrijpelijk dat hij het gezelschap van gelijkgestemden zocht. Wat moest hij ook met mij? Ik had amper onderwijs gehad, ik kon alleen lezen en schrijven, een beetje rekenen en een huishouden leiden.

Een paar maanden later, toen ik op een warme middag in de loggia zat te schrijven, stond Antonio opeens voor me.

Hij was met een boodschap voor mijn vader gekomen, maar die was niet thuis en dus had Matteo, de huisbediende, Antonio een verfrissing aangeboden.

Met een beker wijn in zijn hand liep hij door naar de loggia. Zijn lange gestalte nam een deel van het zonlicht weg en ik keek op, in de verwachting dat mijn vader was thuisgekomen.

Ik schrok een beetje toen ik Antonio daar zag staan, beschenen door de felle zon, waardoor zijn zwarte haar leek te gloeien. Hij had weer die arrogante trek op zijn gezicht en nam een slokje wijn terwijl hij openlijk naar mij keek.

Intuïtief legde ik mijn hand op het vellum op mijn schoot, waardoor zijn aandacht er meteen op gevestigd werd.

'Wat ben je aan het doen?' vroeg hij.

Ik gaf geen antwoord, haalde mijn hand weg en schreef door. In plaats van zich terug te trekken en me verder niet te storen, kwam hij naast me staan en keek op het vellum neer.

Ik bedekte het gedicht met mijn hand, maar hij had het al gezien.

'Een gedicht,' zei hij.

Ik knikte.

'Sinds wanneer schrijf jij gedichten?'

'Al heel lang,' zei ik, zonder hem aan te kijken.

Het klonk erg kortaf, daar was ik me van bewust, maar dat kon me niet schelen.

Ik verwachtte een sarcastische opmerking, maar toen ik een blik op hem wierp, was hij een en al belangstelling.

'Mag ik het lezen?'

'Nee.' Het uitspreken van dat woord vervulde me met een intense voldoening.

'Waarom niet?'

Koeltjes keek ik hem aan. 'Omdat ik niet van plan ben om me te laten uitlachen.'

'Ben je zo weinig overtuigd van de kwaliteit van je werk? Zo slecht zal het toch niet zijn? Voor een meisje heb je veel verstand van literatuur.'

Ik aarzelde. Antonio had nog veel meer verstand van literatuur en al gaf ik het niet graag toe, zijn mening was belangrijk voor mij.

Nu was dit gedicht niet zomaar een gedicht, maar een stuk poëzie waar ik hard aan gewerkt had. Het ging over een jonge vrouw die opgesloten zat in een woontoren en nog nooit buiten was geweest. Ze kon alleen maar op straat neerkijken vanuit een venster. Op een dag, toen ze zich realiseerde dat ze voor altijd in die toren zou zitten en daar als oude vrouw zou sterven, besloot ze de buitenwereld in te gaan, al was het maar voor heel even. Ze zette haar voet op de vensterbank, trok zich op aan het kozijn, zette haar andere voet erbij en keek naar beneden. Diep onder haar lag de stad, met de piazza, huizen en straten vol mensen. Ze haalde diep adem, sprong, en tijdens haar val glimlachte ze tot ze de grond raakte.

Mijn hart en ziel lagen in dat gedicht en elke aanval erop zou pijn doen. Alles in me schreeuwde 'nee!', maar tegelijk hoopte ik op een paar woorden van waardering.

'Je mag het lezen als je belooft dat je me niet uitlacht,' zei ik ten slotte.

Antonio's wenkbrauwen trokken zich samen in een frons.

'Ik kan je beloven dat ik mijn mening zal geven en dat ik je niet uit zal lachen om je dwars te zitten. Als ik je werk goed vind zal ik dat zeggen, maar ik kan er niets aan doen als ik in de lach schiet als het alleen maar rijmende flauwekul is.'

Tot op de dag van vandaag weet ik niet wat me bezielde om mijn gedicht aan hem te geven. Waarschijnlijk was het de herinnering aan onze vriendschap, die ergens diep in me lag opgeslagen.

Ik gaf hem het vellum en staarde voor me uit naar de gele stenen van ons huis, terwijl Antonio las.

Toen hij het gedicht eindelijk uit had, en ik kreeg de indruk dat hij het wel drie keer las, gaf hij het zonder een woord te zeggen terug.

Ik zei ook niets en vermeed naar hem te kijken.

De stilte was zo zwaar en drukkend als de middaghitte. Uiteindelijk wierp ik voorzichtig een blik op hem, maar ik kon niets uit zijn gesloten gezicht opmaken.

'En?' vroeg ik, toen de spanning me te veel werd.

Antonio keek me met opgetrokken wenkbrauwen aan. Pas toen ontdekte ik dat ik een vellum te veel had gegeven. Achter het gedicht over het meisje in de toren zat nog een ander gedicht, dat beslist niet voor andermans ogen bestemd was.

3

Ik heb me altijd afgevraagd of ik alles moet geloven wat er in de Bijbel staat. Ik heb het gevoel dat niet alles waar kán zijn.

Dat komt door *nonna*, de moeder van mijn vader, die moeite had met veel verhalen. Vooral met de zondeval, waarin Adam en Eva uit het paradijs worden verdreven. Ze vond het niet terecht dat alleen Eva daar de schuld van kreeg, alleen omdat zij als eerste zwichtte en een hap uit de verboden appel nam. 'Het enige wat Adam hoefde te doen, was "nee" zeggen,' zei ze. 'Dan had God Eva uit het paradijs gezet, en was Adam gebleven. Wat zou er dan gebeurd zijn? Zou God een nieuwe vrouw voor hem geschapen hebben?'

Ze zorgde er wel voor dat soort opmerkingen niet in de nabijheid van mijn ouders te maken, en ik beschouwde het als een groot blijk van vertrouwen dat ze haar diepste gedachten wel met mij deelde.

Vanaf dat moment las ik de verhalen in de Bijbel wat kritischer. Nonna moedigde me aan, maar drukte me op het hart mijn gedachten voor me te houden.

Ik ben haar altijd dankbaar gebleven dat ze wat ik had geleerd en wat je hoort te geloven een beetje bijstelde. Nonna had gelijk: Adam en Eva waren allebei in de fout gegaan, maar het was Eva die daar boete voor moest doen. Zij en alle vrouwen die na haar kwamen.

In een aanval van frustratie had ik daar een scherp gedicht over geschreven dat me in grote problemen kon brengen. Ik had het zelfs niet aan Fiammetta en Laura laten lezen, en nu had Antonio het in zijn hand gehad.

Onzeker keek ik naar hem op. Uit alle macht probeerde ik een uitvlucht te bedenken. Ik overwoog om te beweren dat het niet mijn tekst was, maar kon niet verklaren hoe het dan in mijn bezit was gekomen. Bovendien was het in mijn handschrift geschreven.

Lange tijd bleef het stil. Het was duidelijk dat Antonio niet goed wist hoe hij moest reageren. Toen hij eindelijk iets zei, kon ik mijn oren niet geloven.

'Je hebt gelijk.'

'Wat?'

'Je hebt gelijk. Dat verhaal over de zondeval is vreemd.' Antonio liet zich op de rand van een muurtje zakken en nam een slok wijn.

'Dus... je bent het met me eens,' zei ik, voor de zekerheid.

'Ja, natuurlijk. Maar het is maar een verhaal, Ginevra.'

'Nou, het is wel meer dan alleen een verhaal. Het staat in de Bijbel, en dat is Gods woord.'

'Maar het is opgeschreven door mensen.' Antonio klopte op het muurtje en ik ging naast hem zitten. 'En mensen maken fouten. Er is een grote kans dat ze Gods woord verkeerd hebben geïnterpreteerd, dat ze schrijffouten hebben gemaakt of gewoon zelf iets hebben toegevoegd. Het verhaal over het Paradijs klopt namelijk ook niet. In Genesis 3:20 staat dat God de mens schiep als man en vrouw. Hij zegende hen en noemde hen *adamah*.'

'Adamah en Eva.'

'Nee, Hij noemde hen béíden adamah, wat "van de aarde" betekent. En de man noemde de vrouw vervolgens Eva. Maar dat wil niet zeggen dat de naam van de man dus Adam was. Adam is in het Hebreeuws geen eigennaam, het is een soortnaam die gebruikt werd voor mannen én vrouwen. Volgens de Bijbel vormde God de mens uit het rode stof op de aarde, en het woord voor rode aarde is adamah. Er is dus geen enkele reden om te denken dat de man de baas is over de vrouw. God schiep Eva uit de zijde van Adam, en zo moet je man en vrouw ook zien: naast elkaar staand.'

'God schiep Eva uit een rib van Adam,' zei ik.

'Zo is het vanuit het Hebreeuws vertaald, maar *tseela* betekent "zijde", niet rib. Verderop in de Bijbel wordt een beschrijving gegeven van de zijkanten van de Ark des Verbonds, en daar wordt ook het woord tseela gebruikt. Ik kan me niet voorstellen dat daar rib mee wordt bedoeld.'

Ik was overdonderd. 'Wat wil dat allemaal zeggen?' vroeg ik na een tijdje.

'Dat er bij het vertalen van de Bijbel interpretatiefouten zijn gemaakt. Fouten die enorme gevolgen hebben gehad. Als die al in het scheppingsverhaal staan, wat klopt er dan nog meer niet?'

Het bleef even stil. Ik had tijd nodig om te verwerken wat hij had verteld. De onverbiddelijke logica ervan fascineerde me.

'Ik heb altijd al het gevoel gehad dat het anders moet zijn gegaan,' zei ik.

Hij wierp me een zijdelingse blik toe. 'Ik wist niet dat je over dat soort dingen nadacht.'

'Je weet wel meer niet van mij.'

'Dat is waar. Terwijl ik je al zo lang ken.'

Dit zou een goed moment zijn om te vragen waarom hij het afgelopen jaar zo vreemd had gedaan, maar ik zou het mezelf nooit vergeven als ik dit ogenblik zou bederven. Maar ik wist ook niet waar ik dan wel over moest praten.

'Je gaat binnenkort zeker studeren?' vroeg ik ten slotte.

Hij knikte. 'Rechten.'

'Hier, in Fiorenza?'

'Dat weet ik nog niet. De universiteit hier staat niet zo goed aangeschreven. Ze is ook veel jonger. Die van Bologna bestaat al sinds 1088. Een titel die je daar haalt is veel meer waard.'

'Hoelang duurt een rechtenstudie?'

'Zes jaar.'

De gedachte dat Antonio zes jaar weg zou gaan, benam me de adem.

Ik probeerde mijn ontgoocheling niet te laten blijken en schoof het vellum onder de band die mijn borsten omsloot.

'Je kunt het beter verbranden,' zei Antonio. 'Nu heb ík het gezien, maar de volgende keer dat iemand het in handen krijgt, kun je in de problemen komen.'

Dat wist ik. Ik had ook overwogen het gedicht te verbranden, maar kon het niet opbrengen. Dit waren mijn diepste gedachten, en die vernietigen zou voelen alsof ze er niet toe deden.

'Als we alles wat we vinden alleen maar denken, en wat we opschrijven weer verbranden, wat heeft het dan voor zin om ermee bezig te zijn?' vroeg ik.

Antonio glimlachte. 'Dat is waar. Maar ik neem aan dat je dat gedicht voor jezelf geschreven hebt. Als je er niets mee doet, kun je het beter niet in je bezit hebben. Ik zou niet willen dat je problemen kreeg.'

Dat risico nam ik liever ook niet. 'Ik zal het verbranden.'

We zaten naast elkaar en deelden de beker wijn, in een stilte waarin een nieuw soort kameraadschap ontstond. Het soort stilte dat probleemloos kon voortduren zonder spanning te veroorzaken, en die ruimte gaf om na te denken.

'Volgens mijn grootmoeder werden vrouwen een paar eeuwen geleden heel anders behandeld dan tegenwoordig,' zei ik na een tijdje. 'Ze werd altijd woedend om beweringen dat als er een meisje werd geboren, er iets was misgegaan bij de bevruchting, en dat een vrouw in feite een mislukte man was. Ze vertelde me dat een paar honderd jaar geleden het verschil tussen mannen en vrouwen niet zo groot was als tegenwoordig, en dat ze hoge functies in de samenleving hadden.'

'Dat klopt,' zei Antonio. 'In de Bijbel zijn daar trouwens ook voorbeelden van aan te wijzen. Denk maar aan Mirjam, die Mozes bijstond in het leiden van zijn volk. En de profetes Deborah, en Hulda.'

'En Maria.'

'Zij is nog het beste voorbeeld.'

'Dus jij denkt niet dat een vrouw een mislukte man is?'

We keken elkaar aan, en ik zag in zijn ogen dat er iets was teruggekeerd dat ik verloren had gewaand.

'Ik vind dat jij buitengewoon goed gelukt bent,' zei hij.

4

Anderhalve week later kwamen we elkaar weer tegen tijdens de viering van de naamdag van Fiammetta's broer, Guiscardo. Het was mooi weer en we vierden het feest in het ruime buitenverblijf van de familie Alberti in de heuvels van Fiorenza.

Bij aankomst zocht ik Antonio. Hij stond met een groepje vrienden in de schaduw van een olijfboom. Ik probeerde niet te opvallend naar hem te kijken, maar elke keer wanneer mijn blik zijn kant uit dwaalde, keek hij ook naar mij.

'Zag je dat?' Fiammetta, die naast mij stond, stootte me aan. 'Hij kijkt voortdurend naar me.'

'Wie?'

'Antonio. Let er maar eens op.'

Ik draaide mijn hoofd in Antonio's richting en keek openlijk naar hem.

Hij beantwoordde mijn blik op dezelfde schaamteloze manier.

'Zie je wel?' zei Fiammetta.

Ik glimlachte maar wat, nam een drankje aan van een bediende en wandelde weg van mijn vriendin, naar een rustiger gedeelte van de tuin. Terwijl ik deed alsof ik de uitbundig bloeiende bougainville bewonderde, kwam Antonio naar me toe lopen, precies zoals ik had gehoopt.

'Fijn dat je ook gekomen bent,' zei ik.

'Ik ga er zo weer vandoor.'

Het leek alsof er een stukje van mijn hart afbrokkelde. 'O,' zei ik, en na een korte stilte: 'Ik hoorde van Fiammetta dat je andere vrienden hebt gemaakt.'

Oplettend keek hij me aan. 'Zei ze dat?'

'Ja, studenten. Je gaat zeker liever naar hen toe.'

'Dat was ik van plan, ja. Ik ben alleen gekomen om jou te zien.'

Die achteloze opmerking raakte me recht in mijn hart.

'Echt waar? Ben je gekomen om mij te zien?'

'Ja, natuurlijk. Ik hou helemaal niet van dit soort feestjes.'

Ik haalde diep adem en zei snel: 'Blijf alsjeblieft.'

Antonio keek me lange tijd zonder iets te zeggen aan, waardoor ik me genoodzaakt voelde zelf door te praten.

'Ga nog niet weg. Ik zou het jammer vinden als je vertrok.'

'Wil je dan niet met je vriendinnen praten?'

'Ik praat liever met jou.'

We keken allebei om, in de richting van mijn vriendinnen.

'Wat zei Fiammetta precies over mijn vrienden?' vroeg Antonio.

'Niet veel. Volgens haar hielden ze zich bezig met verboden zaken.'

'O, zegt ze dat?' Hij wierp een blik de tuin in. Hoewel we

ons afgezonderd hadden, waren we duidelijk zichtbaar en niemand kwam naar ons toe.

'Heb je het met haar over ons gesprek van laatst gehad?' vroeg hij.

'Nee, natuurlijk niet. Dat gedicht heb ik haar ook nooit laten lezen.'

'Ik dacht dat jullie goede vriendinnen waren.'

'Dat zijn we ook, maar sommige dingen kun je beter niet met iedereen delen.'

Hij glimlachte, en opeens pakte hij mijn hand en trok me een paar passen mee, zodat we achter het muurtje met de bougainville terechtkwamen.

We keken elkaar aan. Er lag een blik in zijn ogen die ik nog niet eerder had gezien en die me in verlegenheid bracht.

Antonio bleef mijn hand vasthouden. Aarzelend keek ik erop neer, en toen ik mijn ogen opsloeg, was zijn gezicht opeens heel dichtbij.

Er was geen ontkomen aan, maar ik wilde ook niet ontkomen. Ik wilde gevangen blijven in de kracht die uitging van zijn geur en zijn ogen.

Heel zacht drukte Antonio zijn lippen op de mijne. Ik proefde een lichte ziltheid en de smaak van wijn. Ik kuste hem terug, voorzichtig en onwennig.

Toen keken we om ons heen. Er was niemand. Antonio trok me tegen zich aan en kuste me opnieuw.

Na een tijdje, toen er gelach en gepraat klonken, lieten we elkaar los. Tegen de tijd dat onze vrienden en vriendinnen bij het muurtje waren, wandelden wij er achteloos achter vandaan.

Fiammetta's ogen schoten van Antonio naar mij en terug.

‘We zochten jullie,’ zei Laura. ‘Ik heb een leuk idee. Zullen we een spel doen?’

‘Nee, ik moet gaan,’ zei Antonio. Hij glimlachte naar me en liep zonder de anderen te groeten weg.

Een paar dagen lang was ik volledig in de war. De inwendige storm die onze kus had veroorzaakt joeg door mijn lichaam en bracht me van slag.

Antonio was geen moment uit mijn gedachten. Ik droomde over hem en dan leek mijn lichaam een eigen leven te leiden. Mijn huid tintelde en ik bleef de druk van zijn lippen op de mijne voelen.

Overdag was ik rusteloos, gelukkig en bang tegelijk. De kracht van mijn gevoelens joeg me angst aan. Zijn liefde was een geschenk dat me onverwacht gegeven was, maar dat me ook weer afgenomen kon worden.

Als een kus altijd dit effect had, was het niet onbegrijpelijk dat meisjes uit de buurt van jongemannen werden gehouden.

5

Het was het laatste jaar van de vriendschap tussen onze families, het laatste jaar waarin we elkaar vrijwel dagelijks zagen. Onze vaders hadden natuurlijk wel in de gaten dat er iets was ontstaan tussen ons, en al waren ze nooit ver uit de buurt, ze gaven ons de ruimte om elkaar binnen de veilige muren van onze palazzo's beter te leren kennen. De deur van ons privévertrek moest open blijven staan en er scharrelde altijd een meid op de gang rond, maar we konden ongehinderd praten.

Op een middag had Antonio een paar geschriften bij zich, verborgen in een map met tekeningen die hij had gemaakt.

We zaten in de loggia, uit het huis klonk het gepraat van onze ouders, en bedienden staken af en toe de binnenplaats over. Meer vrijheid dan dit zouden we niet krijgen. Het was al ongelooflijk veel.

Antonio sloeg de map open en liet me een geschrift zien.

'Je mag hier met niemand over praten,' zei hij. 'Beloofd?'

Ik knikte. 'Wat is het?'

'Een oud handschrift, van de Griekse filosoof Aristoteles.

Hij leefde in de vierde eeuw voor Christus. Hij had heel vooruitstrevende ideeën.'

'Zoals?'

'Volgens Aristoteles zijn veel dingen met het verstand te begrijpen, en hoeft niet overal een goddelijke uitleg aan gegeven te worden,' zei Antonio, met gedempte stem. 'De Grieken hebben altijd veel belangstelling gehad voor hemelverschijnselen. Er zijn veel geschriften van grote Griekse denkers bewaard gebleven met theorieën over de zon, de sterren en de maan. Ze probeerden verklaringen te vinden voor wat ze niet begrepen, zoals het op- en ondergaan van de zon, en waarom we de ene keer een volle maan zien en de andere keer een halve.'

Ik bekeek de tekst aandachtig.

Antonio ging door. 'De wiskundige Pythagoras beweerde dat de aarde een bolvormig hemellichaam is. De filosoof Thalès van Milete had dat ook al gezegd, evenals dat de aarde in de ruimte rondzweeft.'

'Dat kan toch niet!'

'Het klinkt inderdaad nogal vreemd, maar Thalès had berekend dat er op 28 mei 585 voor Christus een zonsverduistering zou komen. En wat denk je, precies op die dag gebeurde dat inderdaad.'

'Kon hij dat uitrekenen?'

'Ja, maar dat is een ingewikkeld verhaal. Waar het om gaat, is dat zijn berekening klopte.' Antonio bladerde in zijn map, pakte een ander geschrift en gaf het me.

Het was geschreven in het Italiaans.

'Dit is een vertaling,' zei hij. 'In de twaalfde eeuw is men begonnen Arabische en Griekse geschriften in het Latijn te vertalen, en vervolgens in allerlei andere talen. Ook in het Italiaans.'

Ik boog me over het geschrift van Aristoteles en liet zijn woorden, in de vierde eeuw voor Christus opgeschreven, tot me doordringen.

Men kan wel het gevoeglijkst aannemen dat de vorm van elk gesteente een bol is; want, nu wij hebben aangetoond dat zij niet bestemd zijn een zelfstandige beweging te hebben, is duidelijk dat, daar nu eenmaal de natuur niets ijdel en zonder grond doet, zij ook aan het niet zelf bewegende die vorm verleende, die het minst bewegend vermogen heeft. Welnu, het minst bewegend vermogen heeft een bol, daar hij geen bewegingsorgaan bezit. Bijgevoegd zijn de gesternten bolvormig. Bij de maan leert de aanblik dat zulks inderdaad het geval is (anders zouden de schijngestalten niet de vorm vertonen die zij hebben); evenzo leert de sterrenkunde dat de zonsverduisteringen anders niet halvemaanvormig zouden zijn.

'Ik dacht dat de aarde een platte schijf was.' Ik fronste mijn wenkbrauwen.

'Nee, hij is rond. Volgens mij hebben de oude filosofen gelijk. Veel geleerden van nu denken dat ook.'

'Maar dat kan toch helemaal niet? Dan zouden mensen aan de andere kant van die bol er toch afvallen?'

'Dat zou je zeggen, maar om de een of andere reden gebeurt dat niet. Als de wereld plat was, had je hetzelfde probleem. Niet met mensen, zolang ze aan land blijven, maar met het water. Zeeën en oceanen zouden over de rand moeten kletteren. Maar dat gebeurt niet.'

Ik dacht na, zag één grote waterval voor me en besefte dat

Antonio gelijk had: rond of plat, het was een raadsel wat er met het water op aarde gebeurde.

'Maar hoe kán dat? Hebben die filosofen daar een verklaring voor?'

Antonio schudde zijn hoofd. 'Niet echt. Sommige geleerden denken dat in het midden van de aarde een kern van vuur zit.'

'Wat heeft vuur er nou mee te maken? Dat geeft alleen warmte, het houdt geen oceanen en mensen op aarde.'

'Nee,' gaf Antonio toe.

'Het komt door God,' zei ik. 'Hij heeft de aarde geschapen en er een bol van gemaakt, en gezorgd dat we er niet van af kunnen vallen.'

'Dat kan wel zo zijn, maar niets gebeurt zómaar. Alles heeft een reden, en dat interesseert me. Ik wil weten waaróm de dingen zijn zoals ze zijn.'

Vittoria, ons dienstmeisje, kwam voorbijlopen met een kruik onder haar arm. Ik wachtte tot ze in huis verdwenen was en vroeg: 'Hoe kom je aan die geschriften? Kun je die gewoon ergens kopen?'

Hij lachte. 'Nee, ze worden onderhands verkocht, overgeschreven en weer doorverkocht. In het geheim, want veel van die geschriften zijn verboden. De Kerk is bang dat ze mensen laten twijfelen aan Gods woord. Onzin natuurlijk.'

'Ja.'

'Waarom zouden we niet over de dingen mogen nadenken, en de wereld leren begrijpen? Een van die geleerden, ik weet niet meer wie, heeft het mooi onder woorden gebracht: "Kennis is het schouwen van de waarheid, en de waarheid is in God. God Zelf is de waarheid."'

'Dus eigenlijk leren we God beter kennen door naar de waarheid te zoeken.'

'Zo is het. Wat kan daar op tegen zijn?'

Dat wist ik ook niet precies.

'Als dit waar is, en daar twijfel ik niet aan...' Antonio tikte op het geschrift over de bolvormigheid van de aarde, 'dan zou het veel verklaren. Waarom er dag en nacht is, bijvoorbeeld. Want de aarde ontvangt het licht van de zon, die om de aarde heen draait. Dat staat niet in de Bijbel, maar volgens Aristoteles draaien alle sterren en planeten om de aarde heen. En steeds op een andere afstand, waardoor de seizoenen ontstaan, en eb en vloed. In de eeuwen vóór Christus heeft men grote ontdekkingen gedaan. Tegenwoordig staan we een beetje stil en worden die ontdekkingen genegeerd omdat ze godslasterlijk zouden zijn. Terwijl het een het ander niet uitsluit.'

Het bleef even stil, toen vroeg ik: 'Waar heb je die geschriften eigenlijk gekocht?'

Na een korte aarzeling zei Antonio: 'Ik heb ze van vrienden gekregen.'

Ik knikte en vroeg niet verder. Diep in mijn hart was ik een beetje jaloers op die geheime vrienden van hem.

'Ik heb het hier verder nog nooit met iemand over gehad, alleen met mijn vader en met die vrienden. En nu met jou, een meisje.'

Er klonk iets van verbazing door in zijn stem, en ik glimlachte. 'Ik ben niet zomaar een meisje.'

'Nee, dat ben je zeker niet. Je bent mooi en slim. Dat wist ik al, maar ik had nooit verwacht dat je belangstelling voor dit soort zaken zou hebben.'

'Ik ben bang dat ik niet zoveel weet van Griekse filosofen.'

'Je weet meer dan de meeste meisjes die ik ken. Die weten vaak niet eens wie de Etrusken waren, en het interesseert ze ook niet. Eerst dacht ik dat jij ook zo was, tot ik je gedicht las. Toen begreep ik dat jij ook over dingen nadenkt.'

Antonio bladerde de map door en haalde een ander vellum tevoorschijn. 'Ik heb je getekend.'

Ik nam de tekening aan. Het was niet het werk van een groot kunstenaar, maar hij had me goed neergezet. Vooral mijn ogen. Het was een aparte ervaring om door mijn eigen ogen aangekeken te worden.

'Wat prachtig! Mag ik hem hebben?'

'Ik zal voor jou een andere maken. Deze hou ik zelf.' Hij borg de tekening met zorg op en glimlachte naar me.

Door die lach leek hij weer op een jongeman van negentien, in plaats van op een geleerde van middelbare leeftijd. Ik keek snel om me heen, en toen ik zeker wist dat er niemand was, kuste ik hem.

Tegen de tijd dat onze ouders de binnenplaats op kwamen, zaten wij rustig naast elkaar te tekenen.

6

In de daaropvolgende weken zag ik Antonio minder vaak dan ik gewend was. Mijn vader had het te druk met zijn werk om naar feestjes en dinertjes te gaan, en daarom bleven mijn moeder en ik ook thuis.

Dankzij de kopieën van geschriften die Antonio me toespeelde, en waar ik stiekem in zat te lezen, verveelde ik me niet. Maar ik vond het wel jammer dat ik Chiara's huwelijk met Luigi Alberti zou mislopen. Emilia, Antonio's moeder, stelde voor dat ik alleen zou komen. Ze zouden het allemaal leuk vinden, en zo nodig zou ik opgehaald en thuisgebracht worden.

Mijn vader weigerde zonder opgaaf van reden. Dat verbaasde me. Ik dacht dat hij onze relatie goedkeurde. Wat kon hij opeens op Antonio tegen hebben?

Ik besloot open kaart te spelen. Op een avond, toen mijn vader eindelijk weer eens thuis was en we gegeten hadden, verzamelde ik moed en zei: '*Padre, madre*, ik wil jullie iets vertellen.'

Mijn vader legde zijn mes neer, mijn moeder bette haar

mond met een servet. Ik wachtte tot Matteo hun wijnglazen had bijgeschonken en het eetvertrek had verlaten en toen zei ik: 'Ik hou van Antonio en hij houdt van mij.'

Er viel een zware stilte. Dat had ik enigszins zien aankomen, maar diep in mij had ik toch gehoopt op verraste, blije uitroepen. In plaats daarvan duurde de stilte voort en wisselden mijn ouders een blik.

'Wat is er?' vroeg ik. 'We zijn al zo lang bevriend met de familie Rondinelli. Ik had gedacht dat jullie blij zouden zijn.'

'Aan die vriendschap is kortgeleden een einde gekomen,' zei mijn vader.

Mijn mond viel open. 'Maar waarom? Wat is er gebeurd?'

'De familie Rondinelli heeft keuzes gemaakt waar wij niet achter staan.'

'Wat voor keuzes? Zakelijk?'

'Was dat het maar, daar zou ik nog wel mee kunnen leven. Nee, het is erger. Er doen geruchten de ronde over Antonio. Volgens Ludovico Alberti schijnt hij lid te zijn van een beweging die theorieën aanhangt die botsen met het geloof. Ketterse theorieën, die hem de doodstraf kunnen bezorgen. Pietro is geen lid van die beweging, maar steunt zijn zoon wel. En vrienden of niet, met dat soort mensen wil ik niets te maken hebben.'

Met mijn handen in mijn schoot, zo verkrampt dat ik ze niet meer kon bewegen, luisterde ik. Ik was niet alleen lamgeslagen door het verbod om met Antonio om te gaan, maar ook door het gevaar dat hem bedreigde. Ludovico Alberti was Fiammetta's vader. Vandaar dat zij ervan wist. Maar wie nog meer?

Mijn vader keek me aan met een blik waar medeleven in

lag, maar die ook een beroep deed op mijn gezonde verstand. 'Ginevra, je begrijpt toch wel dat ik jou, mijn liefste, enige kind, niet weggeef aan iemand die op de brandstapel terecht kan komen? Iemand die ook jou in levensgevaar kan brengen?'

Met moeite vond ik mijn spraakvermogen terug. 'Het zijn maar geruchten, padre. Antonio is geen ketter, hij gelooft in God.'

'Het zijn meer dan geruchten, lieve kind. Pietro Rondinelli heeft het zelf toegegeven,' zei mijn moeder.

Wanhopig zocht ik naar een manier om te protesteren zonder brutaal over te komen. Uiteindelijk kwam ik niet verder dan: 'Maar ik hou van Antonio.'

'Ik weet het, maar het is niet anders. Zet die Rondinelli uit je hoofd, kind. Die jongen is niet voor jou bestemd.' Mijn vaders stem klonk niet onvriendelijk, eerder vermoeid. Alsof hij begreep wat er in mij omging, en het hem oprecht speet voor mij. Desondanks was zijn antwoord nee, en ik wist dat niets hem zou kunnen bewegen van gedachten te veranderen.

'Loopt Antonio gevaar?' vroeg ik, na een lange stilte.

'Ja, natuurlijk. Er gaan geruchten rond, dus hij moet heel goed oppassen.'

'Maar hoe komt signor Alberti daarbij? Hoe kan hij dat weten, van Antonio?'

'Zijn zoon, Massimo, heeft even deel uitgemaakt van die groep, maar hij is eruit gestapt. Verstandige jongen.'

Ik dacht snel na. 'Als Massimo erbij betrokken was, hoe kort ook, zal signor Alberti er vast verder geen ruchtbaarheid aan willen geven.'

‘Nee, dat denk ik ook. Maar dat wil niet zeggen dat er geen gevaar meer bestaat.’

We zwegen alle drie.

‘Dit doet mij ook verdriet, Ginevra. Pietro was een goede vriend van me. Ik begrijp er niets van waarom hij en zijn zoon zich opeens met ketterij bezighouden, ik heb er ook nooit iets van gemerkt. Pietro kon soms wel vreemde dingen zeggen, maar daar verbond ik geen conclusies aan. Dat neem ik mezelf nu kwalijk. Als ik het eerder had geweten, had ik Antonio uit je buurt gehouden.’

Vermoeid wreef mijn vader over de rimpels in zijn voorhoofd en heel even, dwars door mijn eigen pijn heen, had ik met hem te doen. Ook hij had een vriend verloren.

Toen kreeg mijn eigen wanhoop weer de overhand. ‘Antonio is geen ketter,’ zei ik. ‘Ik kén hem. Hij wil alleen graag van alles weten. Waarom er dag en nacht is, en eb en vloed. Hij gelooft dat...’

Gealarmeerd keek mijn vader me aan. ‘Heeft hij met jou over die zaken gesproken? Heeft hij je met die rare ideeën geprobeerd te beïnvloeden?’

‘Nee, nee, dat bedoelde ik niet. Hij zei alleen maar...’

Bruusk stond mijn vader op. ‘Je blijft uit zijn buurt,’ zei hij, en deze keer klonk zijn stem hard en onverzoenlijk. ‘Heb je dat goed begrepen, Ginevra? Je blijft ver bij die jongen vandaan.’

Lange tijd sprak ik Antonio niet. Alleen in de kerk kwamen we elkaar tegen, maar dan kreeg ik niet de gelegenheid ook maar een paar woorden met hem te wisselen. Wel keek hij me elke keer wanhopig aan. Hij moest van zijn vader begrepen hebben wat er speelde.

Mijn hoop was gevestigd op het feest van San Giovanni. Daar zou de familie Rondinelli zeker bij zijn, en misschien zou ik in de drukte de gelegenheid krijgen om even met Antonio te praten.

Er hing al dagen een opgewonden sfeer in de stad. De vaandels voor de *palio* waren gewassen en de paarden gekeurd. De Piazza della Signoria had een flinke schoonmaakbeurt gekregen en de relieken voor de processie ter ere van San Giovanni waren opgepoetst.

Een dag voor de feestelijkheden begonnen, hadden de bewoners van de gildenhuizen banieren aan de gevels gehangen, en de Corso, de langste, meest rechte straat in Fiorenza, was afgesloten voor de rennen die er de volgende middag zouden plaatsvinden. Een groot deel van de straat was overspannen met azuren zonneschermen, versierd met gele lelies.

Ik verheugde me enorm op de feestelijkheden.

Op de dag zelf liet ik me na het middagslaapje door mijn dienstmeid Vittoria in een mauve japon helpen. De zon scheen, en door de openstaande luiken dreef vrolijke muziek naar binnen.

'Schiet op,' zei ik ongeduldig.

Vittoria liet zich niet opjutten. Rustig deed ze mijn haar; een kapsel van ingewikkeld vlechtwerk, ingelegd met parels, waarbij twee lange plukken los langs mijn gezicht vielen.

Mijn vader kwam binnen. 'Ben je klaar?'

'Ja.' Ik stond op en draaide een rondje. 'Hoe zie ik eruit?'

'*Bellissima*! Je zult de mooiste vrouw van het feest zijn.'

Mijn vader bekeek me glimlachend en draaide zich om toen er op de voordeur werd geklopt.

'Dat zal Francesco zijn.'

'Francesco?'

'Francesco Agolanti. Je kent hem toch wel?'

Ja, ik kende hem. Signor Agolanti was weduwnaar en een zakenrelatie die fortuin had gemaakt met de handel in wol uit Mallorca, en met zijde en fluweel uit Lucca en Spanje. Ik begreep alleen niet wat hij uitgerekend vandaag bij ons deed.

Vragend keek ik mijn vader aan.

'Hij gaat met ons mee.' Zonder verder uitleg te geven verliet hij mijn kamer om zijn gast te begroeten.

'Ik denk dat uw vader op zoek is naar een echtgenoot voor u, signorina,' zei Vittoria.

'Een echtgenoot? Hoe kom je daar nou bij?'

'Signor Agolanti was hier laatst op bezoek en toen ving ik een gesprek op.'

Ik staarde haar aan. 'Wat zeiden ze dan?'

'Signor Agolanti vroeg om uw hand, signorina.'

'Echt waar? Waarom weet ik dat niet?'

'Ik denk dat uw vader nog geen besluit heeft genomen. Waarschijnlijk is het feest een gelegenheid om u kennis te laten maken met signor Agolanti.'

Met stomheid geslagen keek ik naar mijn beeltenis in de spiegel. Mijn vader had gelijk: ik zag er schitterend uit. Voor Antonio, niet voor signor Agolanti, die bijna twee keer zo oud was als ik.

'Ik ken hem amper,' zei ik zacht, meer tegen mezelf dan tegen Vittoria.

Mijn dienstmeid zweeg en legde de laatste hand aan mijn kapsel.

'Ginevra!' riep mijn vader.

Ik wisselde een blik met Vittoria en liep de slaapkamer uit. In de hal stonden mijn ouders en signor Agolanti op me te wachten.

Francesco was geen onaardige man, best knap zelfs voor zijn leeftijd, maar veel te oud.

'*Piacere*, signorina Ginevra.' Hij boog zich over mijn hand en kuste de lucht erboven. 'U ziet er werkelijk adembenemend uit.'

Ik glimlachte nietszeggend en hoopte dat hij tegen een grote teleurstelling bestand zou zijn.

Met z'n vieren liepen we in de richting van de Piazza della Signoria, waar het al een hele drukte was.

'Blijf dicht bij ons in de buurt,' waarschuwde mijn moeder.

Ik keek om me heen, naar het gedrang bij de eetkramen en naar de potsenmakers en acrobaten die hun kunsten vertoonden. Rond de piazza waren tribunes gebouwd met zetels voor de magistraat en de adellijke families, voor tijdens het toernooi, dat zo zou beginnen.

Intussen viel er al van alles te doen en te zien. Er waren optochten en wedstrijden in vendelzwaaien en boogschieten. De kerk was versierd met banieren en overal liepen jongens met vlaggen waarop het wapen van hun wijk geborduurd was.

Aan de rand van de piazza ontdekte ik Fiammetta en haar twee broers, Guiscardo en Massimo. Ze zwaaide naar me, drong zich door de drukte heen en even later stond ze naast me. Massimo was met haar meegelopen maar bleef een eindje van ons vandaan staan, zijn ogen meer gericht op leuke meisjes dan op zijn zus.

Fiammetta trok me mee, een paar stappen bij mijn ouders en Francesco vandaan.

'Ik wilde je al spreken,' zei ze. 'Heeft mijn dienstmeid geen bericht aan die van jou doorgegeven?'

'Nee, ik weet van niets.'

'Hmm, daar zal ik het dan eens met haar over hebben. Maar goed, ik zie je nu. Ik wilde je iets vragen, over Antonio.'

Afwachtend keek ik haar aan.

'Is het waar dat jullie iets met elkaar hebben?' Fiammetta friemelde aan het parelstiksel van haar japon. Haar gezicht stond gespannen, zelfs een beetje nerveus, en opeens had ik met haar te doen.

'We zijn al heel lang vrienden...'

'Maar zijn jullie dat nog steeds? Gewoon vrienden? Massimo gaat om met vrienden van Antonio, en hij hoorde dat Antonio en jij geliefden zijn.'

'Hoe weet hij dat?'

'Het is dus waar. Antonio en jij zijn geliefden.' Ze zweeg, moest duidelijk moeite doen om zich te herstellen. Daarna zei ze op afgemeten toon: 'Wees gewaarschuwd, Ginevra. Ik weet dat hij heel knap is, en ik heb me ook een tijdje tot hem aangetrokken gevoeld, maar ik heb hem afgewezen. Hij is geen goed gezelschap. Begrijp je wat ik bedoel?'

Met opgetrokken wenkbrauwen keek ik haar aan. 'Nee, ik heb geen idee wat je bedoelt.'

'Echt niet? Dat verbaast me. Maar goed, dit is niet de plek om het daarover te hebben. Ik wil alleen nog even zeggen dat ik blij ben dat hij niet míjn geliefde is.'

Na die woorden liep Fiammetta zonder te groeten weg. Ik keek haar na met een stijgend gevoel van onbehagen.

Toen draaide ik me om en zag ik Antonio met zijn zussen aankomen. Mijn moeder zag hen ook, en trok mij naast zich, zodat ik tussen Francesco en haar kwam te staan. Hij begon onmiddellijk tegen me aan te praten.

Ik antwoordde werktuiglijk en keek opnieuw in Antonio's richting. Hij keek ook naar mij, maar op dat moment begon het toernooi en onttrok een groep toeschouwers hem aan het zicht.

Het was overvol op de piazza, ik kreeg het er benauwd van. Mensen duwden me opzij, ik kreeg een stoot van een elleboog tegen mijn hoofd en achter me drong de menigte op.

Niet veel later was ik mijn ouders en Francesco uit het oog verloren, en ook Antonio zag ik niet meer.

Hoe het begon wist ik niet, maar opeens veranderde de sfeer. Er klonk geschreeuw, felle kreten stegen op en weerkaatsten tegen de huizen rond de piazza.

Links en rechts van me werd geduwd. Francesco dook naast me op en probeerde me naar zich toe te trekken, maar we werden uiteengedreven door vechtende mannen. Ik kreeg een hand in mijn gezicht, een por in mijn rug. Iemand viel tegen me aan en ik struikelde bijna.

Ik nam mijn jurk op en worstelde me door de menigte heen. Iedereen leek te vechten of probeerde weg te komen, waardoor ik als graan in de wind heen en weer werd geduwd. De piazza golfde op en neer.

Net toen ik de rand van de menigte had bereikt, viel een vrouw tegen me aan, waardoor ik mijn evenwicht verloor en languit op het plaveisel belandde. Overal waren voeten, hozen en rokken. Ik probeerde overeind te komen, maar iemand trapte op mijn hand en weer een ander viel over mij heen.

In paniek probeerde ik onder de kluwen lichamen vandaan te komen, kreeg geen adem en hapte naar lucht.

Net toen ik dacht dat ik verpletterd zou worden, werden de mensen van me af getrokken. Iemand hielp me omhoog, sloeg een arm om mijn schouders en trok me mee. Antonio.

7

Dwars door de menigte heen voerde Antonio me mee, een smal straatje in, en nog verder, tot aan de Arno. Na de chaos op de piazza heerste daar een vredige rust.

Het water van de rivier stroomde langzaam onder de brugbogen door, een briesje zorgde voor verkoeling.

'Gaat het? Heb je je bezeerd?' vroeg Antonio bezorgd.

'Ja, overal.' Beverig haalde ik mijn hand over mijn gezicht en keek naar het bloed aan mijn vingers.

Antonio onderzocht mijn verwondingen en stelde me gerust. 'Het valt mee, een paar builen en schrammen. Maar ik had niet veel later moeten komen.'

'Nee, zeker niet. Ik kreeg bijna geen lucht meer. Wat goed dat je net bij me in de buurt was.'

'Ik zal altijd bij jou in de buurt zijn.'

Hij liet zijn voorhoofd tegen het mijne rusten. Toen legde hij zijn handen op mijn heupen en bracht zijn mond naar de mijne.

Alles in mij verlangde ernaar zijn lippen te voelen. Ik hief mijn kin en voelde de druk van zijn lippen. Zijn kin die zachtjes langs de mijne raspte. Ik voelde me duizelig worden.

Iedereen kon ons zien. Er waren niet veel mensen, en zeker geen kennissen, maar je kon nooit weten. Het interesseerde me niet.

Ik sloot mijn ogen voor de zon en de buitenwereld en kuste Antonio.

'Wie was die man?' vroeg hij, met zijn lippen nog op die van mij.

'Niemand.'

'Zo keek hij anders niet naar je.'

'Waar het om gaat is hoe ik naar jóú keek.'

Antonio maakte zich van me los en zei ernstig: 'We hebben een probleem.'

'Ja. Mijn vader heeft me verboden jou te zien. Antonio, hij weet van die vrienden van jou, en van jullie ideeën. Waarschijnlijk is hij er door Ludovico Alberti, de vader van Fiammetta, achter gekomen.'

Antonio reageerde niet meteen. Hij fronste alleen zijn wenkbrauwen. 'Massimo,' zei hij ten slotte.

'Ja, maar het is wel een voordeel dat hij even tot jullie groepje hoorde. Signor Alberti zal nooit het risico lopen zijn zoon in gevaar te brengen.'

'Hij heeft het anders wel aan jouw vader verteld.'

We zwegen even.

'Volgens mijn dienstmeisje heeft Francesco Agolanti, de man die bij ons stond, mijn vader om mijn hand gevraagd,' zei ik zacht.

'En wat heeft je vader daarop geantwoord?'

'Ik weet het niet. Maar hij zou me nooit tegen mijn zin laten trouwen.'

'Daar heeft hij het recht ook niet toe. Als jij niet met Agolanti wil trouwen, dan kan niemand je dwingen, Ginevra.'

'Natuurlijk wel. Ik moet doen wat mijn vader zegt.'

'Tot op zekere hoogte. Je moet respectvol zijn, maar dat wil niet zeggen dat je je hoeft te laten uithuwelijken. Als jij nee zegt, is het nee. Laat je niets anders wijsmaken. Mijn vader is rechter, ik weet waar ik het over heb.'

Even was het stil. Antonio keek peinzend naar de rivier en zei toen: 'Ik ga met je vader praten.'

'Hij zal je het huis uit gooien.'

'Ik moet het proberen, Ginevra. Ik moet hem uitleggen dat die theorieën niets met ketterij te maken hebben, dat ik in God geloof, dat het een het ander niet uitsluit.'

'Goed, maar laat mij eerst met hem praten.'

Een groep feestvierders kwam langs en riep schunnige woorden naar ons. Zichtbaar geërgerd keek Antonio om, maar hij ging er niet op in. In plaats daarvan schermde hij mij met zijn lichaam van de groep af.

Met een lichte schok keerde ik terug naar de realiteit. 'Ik moet gaan. Mijn ouders zullen naar me op zoek zijn.'

Antonio knikte. 'Ik breng je naar huis.'

Mijn vader wachtte me op in de hal. Zijn bewegingen waren geagiteerd en zijn stem klonk op het randje van overspannenheid.

Met gebogen hoofd liet ik zijn verwijten over me heen komen.

Nee, er was me niets overkomen. Ik werd onder de voet gelopen en Antonio had me thuisgebracht. Dat was alles.

'Ging jij helemaal alleen met die Rondinelli over straat?

Ben je samen met hem gezien? Besef je wat dat voor je goede naam betekent?'

'Maar padre, wat moest ik anders? Had u liever dat ik alleen naar huis was gelopen?'

Vertwijfeld keek hij me aan.

'Dat zou inderdaad gevaarlijk zijn geweest, Bernardo.'

We draaiden ons beiden om naar mijn moeder, die de hal in kwam lopen.

'Ginevra had in dit geval weinig keus,' zei ze.

'Dat begrijp ik, maar uitgerekend Antonio! Waarom ben je niet met Francesco naar huis gekomen?'

'Omdat *híj* me niet uit het gedrang gered heeft. Hij was nergens te bekennen. En waarom mag ik wel met Francesco over straat?'

Er viel een diepe stilte in de hal.

'Francesco Agolanti heeft me om jouw hand gevraagd,' zei mijn vader.

Dat wist ik al, maar nu ik het bevestigd kreeg kon ik evengoed geen woord uitbrengen.

'Hij zou een geweldige partij zijn,' zei mijn vader, 'maar misschien komt hij er nu wel op terug.'

Opeens werd ik heel kalm. 'Dat zou mooi zijn, want ik ben niet van plan om met hem te trouwen. Ik hou van Antonio.'

Mijn moeder kwam naast me staan en legde haar hand op mijn schouder. 'Ik weet dat je van die jongen houdt, lieverd, maar je kunt hem niet meer zien. Nooit meer.'

Ik wendde me tot mijn vader en haalde diep adem. 'Hij wil graag met u praten, padre. Wilt u hem dat in ieder geval toestaan? Eén gesprek? U kent hem zijn hele leven al, dat bent u hem toch wel verschuldigd?'

'Ik ben hem helemaal niets verschuldigd!' riep mijn vader. 'Als die jongen het waagt zich hier te vertonen, laat ik hem arresteren en geef ik hem aan bij de kerkelijke rechtbank. Laat het hem niet proberen, want ik doe het, Ginevra!'

Ik keek naar zijn gezicht en geloofde hem.

Daarna zag ik Antonio niet meer. Alleen bij het uitgaan van de kerk konden we een blik of een snelle glimlach uitwisselen, tot ik hem ook daar niet meer zag.

Vittoria zocht uit wat er aan de hand was en kwam terug met het bericht dat Antonio de stad verlaten had. Hij was naar Bologna vertrokken om daar te gaan studeren. Ze had een briefje bij zich, zichtbaar in haast geschreven:

Ik kom terug. Wacht op me.
Liefs, Antonio

8

Juli, 1396

De zomer maakt van Fiorenza een compleet andere stad. Na de aangename warmte van het voorjaar hangt de zomerhitte nu zwaar in de straten.

Alleen vroeg in de ochtend en 's avonds openen we de luiken van de vensters, waardoor het het grootste deel van de dag donker is in huis.

Het is twee dagen na Antonio's terugkeer, en ik haal het houten raam met het linnen doek weg, zodat de frisse lucht naar binnen kan.

Dan leun ik uit het venster en kijk naar het groen en de bloemen in de hof. Ik adem diep in. De ochtend is altijd het beste deel van de dag, wanneer het eerste zonlicht over de bougainville strijkt en de vogels nog veel drukte maken.

Maar vandaag maken het uur van de dag en de dreigende hitte me niet uit. Niets kan mijn humeur bederven.

Antonio loopt binnen dezelfde stadsmuren als ik.

Ik zal hem spreken.

Ik zal hem aanraken.

Sommige dingen zijn onvermijdelijk.

Binnen is het niet om uit te houden. De hele dag dwaal ik van kamer naar kamer. Ik zit wat in de hof en speel op mijn luit, maar de heldere klanken maken me alleen maar onrustiger.

Gelukkig valt dat niemand op. Omdat ik zijn naam nooit meer heb genoemd, denken mijn ouders dat ik over Antonio heen ben. Bovendien hebben ze te veel te doen om op mij te letten. Mijn vader is de deur uit en mijn moeder heeft bedacht dat vandaag al het linnengoed moet worden gelucht in de loggia. De meiden zijn druk bezig de vlooien eraf te plukken.

Mijn moeder is altijd in de weer. Haar levenstaak is het huishouden besturen, zorgen dat het mijn vader aan niets ontbreekt en de grote en kleine zorgen die de bedienden geven oplossen.

Nonna, daarentegen, was juist heel rustig van aard en hield van borduren. Ze kon eindeloos met haar borduurraam in de erker van de woontoren zitten. Ik word al stapelgek als ik tien kruissteekjes heb gezet, waarbij ik zeker vijf keer in mijn vinger heb geprikt. Alleen ik weet hoeveel zweet- en bloedvlekken onder die kleurige draden schuilen.

De laatste tijd denk ik vaak aan nonna. Als jong meisje was ze van plan om haar leven aan het geloof te wijden. Ze trok zich terug in een klooster, nam het habijt aan, legde de geloften af en verdween uit de gewone wereld. Tot ze mijn grootvader ontmoette, die de leiding had over een verbouwing in het klooster. Het moet liefde op het eerste gezicht zijn geweest, zo'n sterke liefde dat er niet tegen te vechten viel. Nonna deed het onvoorstelbare: ze trad uit het klooster en trouwde met mijn grootvader. Er rustte niet echt een zegen op hun huwelijk. Van alle kinderen die ze hoopten te krijgen kwam er na vele jaren maar één. Een meisje. Nonna had prachtig zwart haar, mijn grootvader eveneens, maar mijn moeders haar was roodblond. Mijn haar heeft dezelfde kleur en ook ik ben enig kind.

Een roodharig kind is een waarschuwing, zegt men, een teken van mogelijk zondig gedrag. Onzin natuurlijk. Nonna zei altijd dat slechtheid in je hart zit, niet in je haar. Maar er zijn genoeg mensen die er zo over denken.

Misschien dat mijn vader daarom zo streng is; ik kom amper buiten.

Af en toe zie ik mijn vriendinnen, maar lang niet meer zo vaak als vroeger. De vriendschap met Fiammetta is bekoeld, en Laura lijkt me te ontlopen.

Gelukkig kan ik me goed alleen vermaken.

Ik houd van gedichten, vooral van de liefdesgedichten van Petrarca en Landini, die mijn moeder me vaak voorlas. Ik heb een goed geheugen; ik hoef ze maar een paar keer te horen om ze op te kunnen zeggen.

Maar de afgelopen twee jaar heb ik een ander soort teksten gelezen, die Vittoria stiekem voor me kocht. Mijn ouders denken dat ik de kleine toelage die ze me geven aan linten en sieraden uitgeef, maar ik koop er liever geschriften van oude Griekse en Romeinse geleerden van.

Ik loop naar de woonkamer op de eerste verdieping en zet de luiken open. Zonlicht stroomt naar binnen.

'Ik heb iets voor u, signorina.'

Ik draai me om en zie Vittoria in de deuropening staan. 'Wat dan?'

Ze loopt naar me toe en stopt een briefje in mijn hand. 'Van Antonio Rondinelli.'

‘Hoe kom je daaraan?’ vraag ik, terwijl het ritme van mijn hartslag snel toeneemt.

‘Hij heeft het me gegeven. Net, op de markt.’

‘Dank je wel.’

Ik haast me het woonvertrek uit. In de beslotenheid van mijn slaapkamer vouw ik het briefje open.

Liefste Ginevra, ik wil je zien. Laat me weten wanneer dat mogelijk is.

Antonio

Elk stukje van mijn huid lijkt tot leven te komen. Er trekken rillingen overheen, daarna begin ik te gloeien en vervolgens krijg ik kippenvel. Ik ben niet graag ongehoorzaam, maar ik móét Antonio zien voor hij weer naar Bologna gaat. Maar hoe, en wanneer?

Als het me al lukt om aan mijn vaders scherpe blik te ontkomen, dan zijn er nog genoeg mensen die hem zullen vertellen dat ik zonder begeleiding over straat ben gegaan.

Vittoria lost het probleem voor me op.

‘Dan verkleed je je toch,’ zegt ze, als ik haar vertel dat ik Antonio wil zien. ‘Spreek af op de begraafplaats waar zijn vader ligt. Zal ik een boodschap aan hem doorgeven?’

Het is een gewaagd voorstel.

Het is een zondig voorstel.

Het is een geweldig voorstel.

9

Vittoria levert mijn antwoord aan Antonio af; tussen de middag zal ik op de begraafplaats van de Santa Maria Novella zijn.

De enige manier om onopgemerkt weg te komen, is door gebruik te maken van het tijdstip waarop iedereen zijn middagslaapje doet, als het huis in diepe rust is verzonken.

Het is bloedheet. Mijn moeder gaat slapen en ook mijn vader gaat even op bed liggen. De bedienden strekken zich uit op hun oprolbare slaapmatten.

Mijn verlangen om Antonio te zien doet alle behoefte aan slaap verdwijnen. Zelfs van de hitte heb ik geen last. Al zou de lucht trillen en het plaveisel branden, dan nog zou ik naar buiten gaan.

In mijn slaapkamer trek ik een grijze katoenen jurk van Vittoria aan en bind haar hoofddoek om mijn haar.

Het is een perfecte vermomming. Desondanks voel ik me erg gespannen als ik het huis uit sluip. Ik ben nog nooit alleen op straat geweest.

Ik steek de piazza over en loop door de steeg die uitkomt op de Mercato Vecchio.

De overgang van de schemering in huis naar het volle daglicht doet pijn aan mijn ogen. Boven de huizen straalt de zon, zo fel dat ik er niet naar kan kijken.

Op de Mercato Vecchio is het druk als altijd. De schoenlapper, de zadelmaker, de goudsmid, de mandenvlechter – ze zijn allemaal gewoon aan het werk. Een middagslaapje is blijkbaar alleen voor degenen die zich dat kunnen veroorloven.

Ik wring me door een groep mensen die toekijkt hoe een slager de keel van een varken doorsnijdt. De klanten bieden op de beste stukken vlees terwijl het bloed nog over het plaveisel loopt.

Terwijl ik de stroom bloed ontwijk, schud ik nee tegen een vrouw die me een paar bollen knoflook aanbiedt en steek de piazza over, de Via degli Strozzi in.

Met gebogen hoofd loop ik langs de muren, die de warmte naar mij toe lijken te kaatsen. De lucht trilt en ik houd de schaduwkant van de straat aan.

Het is vreemd om zonder sluier over straat te gaan. Onwennig, kaal en bedreigend. Iedereen kan zomaar mijn gezicht zien.

Ik houd mijn ogen op het plaveisel gericht, ben bij iedere stap bang om een hand op mijn schouder te voelen. Bij elke donkere hoek en steeg kijk ik eerst of er geen onraad is voor ik verder loop.

Bedelaars op de grond strekken hun handen naar me uit, maar niemand valt me lastig.

Ik sla de schaduwrijke Via Trebbio in, en dan ligt de Piazza di Santa Maria Novella voor me. Rechts van de basiliek geeft een poortje toegang tot het ommuurde kerkhof waar Pietro Rondinelli ligt begraven.

Ik sla een kruis en loop met gepaste rust het pad op, dat langs graven met kruisen en grafnissen in de muur leidt. Wapenschilden geven aan van welke familie de tombes zijn.

Mijn blik gaat rond en blijft rusten op een lange figuur in een rode rouwmantel, die in de schaduw van de muur staat. De lange gestalte, de smalle schouders, het donkere haar dat een blauwe gloed heeft in het zonlicht – ik herken Antonio meteen.

Opeens onzeker blijf ik staan. Het is zo lang geleden dat we elkaar hebben gesproken; ik heb geen idee wat ik moet zeggen. Misschien zijn we vreemden voor elkaar geworden. Dat zou ik niet kunnen verdragen.

Antonio draait zich een slag om en ziet mij. Even lijkt hij te twijfelen door mijn kleding, maar dan lacht hij en komt met grote stappen naar me toe.

'Ginevra!'

Alsof onzichtbare handen me voortduwen vlieg ik op hem af. Als we elkaar omhelzen, lijkt alles om ons heen tot stilstand te komen. Twee jaar heb ik me afgevraagd hoe ons weerzien zou verlopen, nu weet ik dat de jaren van zijn afwezigheid geen verschil hebben gemaakt.

Hij kust me, op mijn voorhoofd, mijn neus, mijn kin, mijn ogen en uiteindelijk op mijn mond.

Ik beantwoord zijn kus gretig. Hij trekt me dicht tegen zich aan en het duurt lang voor onze monden elkaar loslaten. Dan kijken we elkaar lachend en ademloos aan.

'Je bent terug'.

'Ik ben nooit echt weg geweest,' zegt hij en hij streelt mijn gezicht.

10

Onze liefde mag dan niet verdwenen zijn, er is wel een lange periode verstreken. We zijn niet meer de mensen die we toen waren.

Antonio is langer dan ik me herinner en heeft meer baardgroei. Zijn stem klinkt anders: voller en zwaarder. Hij is geen vreemde geworden, maar helemaal vertrouwd is hij ook niet meer. Alleen aan zijn ogen is niets veranderd; die zijn diepbruin en liefdevol.

Hij pakt mijn hand en voert me mee naar een stenen bankje. Daar gaan we zitten, in een wat ongemakkelijke stilte.

'Het spijt me van je vader,' zeg ik zacht.

Antonio knikt en kijkt van me weg, over de graven heen. Ik weet niet goed wat ik verder moet zeggen en dus vraag ik maar naar Bologna.

'Bologna is geweldig.' Er verschijnt een glimlach op zijn gezicht. 'Druk, vol leven en studenten. Het is een mooie stad, met booggalerijen en mozaïekvloeren. Er zijn meer herbergen en kroegen dan werkplaatsen en allemaal zitten ze elke dag vol. Vooral met studenten die in de universiteit horen te zitten.'

'Je zult er wel veel geleerd hebben,' zeg ik, niet zonder jaloezie.

'Ja, maar wat ik vooral geleerd heb, is dat de wereld groter is dan Bologna en Fiorenza. Dat wist ik natuurlijk wel, maar nu weet ik dat ik die wereld wil leren kennen. Er is te veel te zien om op één plaats te blijven rondhangen.'

Hij vertelt over zijn leven in de universiteitsstad, over het huis dat hij daar bewoont, over de vrienden die hij er heeft gemaakt en over de tucht in de collegebanken.

Uit zijn verhaal begrijp ik dat het er op de universiteit heel anders aan toegaat dan ik me had voorgesteld.

'Het is niets voor meisjes,' zegt hij. 'Het is er vuil, het stinkt en je zit urenlang op de grond, in snikhete of ijskoude vertrekken. Om vijf uur begint het eerste college. Om zes uur is het tijd voor de mis en het ontbijt, en van acht tot tien is het belangrijkste college. Om elf uur eten we wat, daarna is er weer een mis. Dan begint het volgende college, gevolgd door nóg een mis en dat gaat zo door tot halfacht 's avonds.'

'Wat zwaar! En je moet nog zo lang.'

'Nog vier jaar, ja. Maar ik vind de studie erg leuk. Alle lanterfanters zijn vertrokken, dat werkt veel prettiger. In de eerste jaren werd er meer gevochten en gestolen dan gestudeerd. De universiteit is voor iedereen toegankelijk, dus er komen ook heel wat armoedzaaiers aanzetten. Er is er maar één over van de vriendengroep waarmee ik begon en dat is Bartolomeo. Hij is een heel goede vriend geworden.'

De gedachte dat Antonio een leven in Bologna heeft waar ik geen deel van uitmaak, doet een beetje pijn. Voor mij is de tijd stil blijven staan, alles hetzelfde gebleven.

Ik vraag me af hoeveel meisjes hij in Bologna heeft leren kennen. Snel duw ik die gedachte weg.

'En nu ben je weer in Fiorenza.' Ik bestudeer mijn handen, die verstrengeld in mijn schoot rusten. 'Vanwege je vader.'

Hij kijkt naar me, net zo lang tot ik opkijk.

'Ja, ik ben teruggekomen om mijn familie bij te staan,' zegt Antonio. 'Maar ook om jou te zien. Ik heb je zo gemist, Ginevra. Soms zag ik iemand die op je leek of die net zo lachte als jij, en dan was ik het liefst teruggekeerd naar Fiorenza. Ik wilde je zo graag zien, vragen hoe het met je ging en of je me miste.'

'Voortdurend. Er is geen dag geweest dat ik je niet heb gemist.' Ik zucht en zeg dan: 'Maar vader wil dat ik op Francesco's huwelijksaanzoek inga.'

'Heeft Agolanti al die tijd op je gewacht?'

'Natuurlijk niet. Hij is oud, hij heeft een vrouw nodig om voor hem te zorgen. Toen ik hem afwees is hij met Bianca Lori getrouwd, maar ze kreeg afgelopen winter de pokken en is gestorven.'

'En nu heeft hij opnieuw om jouw hand gevraagd?'

Ik knik. 'Deze keer wordt het lastiger om te weigeren. Ik ben al achttien. De meeste meisjes zijn dan al een paar jaar getrouwd.'

Antonio neemt mijn hand in de zijne en kijkt me doordringend aan. 'Agolanti is rijk, maar ik heb je ook wat te bieden, Ginevra. Ik sta nu aan het hoofd van de familie Rondinelli. Mijn vader heeft zijn hele vermogen aan mij nagelaten. Natuurlijk moet ik voor mijn moeder zorgen, maar niet voor mijn zussen. Chiara en Caterina zijn getrouwd. Mijn moeder beheert het bedrijf in mijn naam tot ik afgestudeerd ben, en daarna keer ik terug naar Fiorenza.'

'Het kan niet,' zeg ik zacht. 'Mijn vader zal ons nooit toestemming geven om te trouwen.'

'Dus we moeten ons er maar bij neerleggen? Ik ga terug naar Bologna en jij trouwt met Francesco?'

'Ik zie niet wat we anders kunnen doen.'

Antonio staart over de kruizen van de graven heen en zwijgt een tijdje. Dan kijkt hij me van opzij aan. 'Je kunt met mij meegaan.'

11

Antonio's woorden blijven zwaar hangen in de stilte die valt.

Hij maakt natuurlijk een grapje. Dit kan hij niet serieus menen.

Onderzoekend kijk ik hem aan, zie hoe gespannen zijn gezicht staat. Het was geen grapje.

'Wil je samen weglopen?' vraag ik onthutst.

Hij zucht. 'Ik wil dat jij gelukkig wordt. Ik maak mezelf wijs dat ik jou gelukkiger kan maken dan Francesco, maar dat weet ik niet zeker. Vergeet het ook maar. Hoe kan ik je nou vragen om je familie en de stad waar je bent opgegroeid te verlaten?'

Ik zit nog bij te komen van de schok die zijn voorstel heeft veroorzaakt. In gedachten zie ik ons samen vertrekken, en in een uitbarsting van verlangen zou ik 'ja!' willen roepen. Maar iets in me dwingt me over de consequenties na te denken. Het is zoals Antonio al zei: ik zou mijn ouders, mijn vrienden en alles wat me vertrouwd is moeten achterlaten.

'Meen je het?' vraag ik zacht. 'Je zegt "vergeet het", maar

het is niets voor jou om zomaar wat te roepen. Hoelang loop je hier al mee rond?'

'Sinds ik jou met die Agolanti zag. Ik had in Fiorenza willen gaan studeren zodat ik bij jou kon blijven, maar het werd hier een beetje te gevaarlijk. Mijn ouders overtuigden me ervan dat ik beter naar Bologna kon gaan, dat het niet eerlijk was om ook jou in gevaar te brengen. Daar was ik het natuurlijk wel mee eens. Dus ik vertrok, en ik miste je ontzettend. Ik was als de dood dat je met die Agolanti zou trouwen. Mijn ouders hadden beloofd me te waarschuwen als dat het geval was, want dan zou ik meteen teruggekomen zijn om dat tegen te houden.'

Ik glimlach om de vurigheid waarmee hij het laatste zegt, al vraag ik me af wat hij eraan had willen doen.

'Gelukkig hoorde ik niets over huwelijksplannen voor jou, en de geruchten dat ik me met ketterij bezighield, hielden vanzelf op. Ik was al van plan om deze zomer naar huis te gaan en uit te zoeken of ik hier verder kon studeren. Ook als mijn vader niet was gestorven, zou ik teruggekomen zijn.'

'Zou je voor mij naar een minder goede universiteit gaan?'

'Ik zou alles voor jou doen. Ik zou alles zo voor jou opgeven. Mijn studie, mijn familie, álles.'

Die woorden komen er zo ernstig uit, dat ik hem direct geloof. 'Ik heb er ook weleens aan gedacht. Maar...'

'Maar wat?'

'Je hebt gelijk, het is niet zomaar wat. Ik zou mijn ouders nooit meer zien, maar als ik hier blijf zal ik jou nooit meer zien. Als ik gedwongen word een keuze te maken, dan is het niet moeilijk.'

'Dan zou je met me meegaan?'

'Ja. Al vraag ik me af waarnaartoe.'

'Ginevra, we kunnen overal naartoe! Waar we maar heen willen!'

'En je moeder dan?'

'Ze kan in ons huis blijven wonen, of bij een van mijn zussen. Die zullen voor haar zorgen. We zouden naar Bologna kunnen gaan. Ik heb daar veel vrienden die ons kunnen helpen. We zouden er de eerste dagen kunnen blijven en dan verder kijken. Nu ik het familiebedrijf heb geërfd, hoef ik niet per se meer te studeren. De wolhandel van mijn vader kan ik overal voortzetten, en daar zouden we prima van kunnen leven.'

Wat eerst nog een wild plan was, begint vorm aan te nemen. En ik overweeg het, ik overweeg het werkelijk.

'Denk er maar eens rustig over na,' zegt Antonio.

Als ik thuiskom glip ik via het bediendenpoortje, waarvan Vittoria me de sleutel gegeven heeft, de binnenplaats op. Vervolgens sluip ik het huis in. Iedereen is nog steeds in diepe rust.

Op mijn kousen ga ik de trap op, naar mijn slaapkamer. Ik sluit de deur achter me, loop naar het venster en kijk naar buiten. Zo hoog, op de bovenste verdieping, heb ik een prachtig uitzicht op de stad en de bergen erachter. Lange tijd kijk ik ernaar, dan draai ik me om en trek de hoofddoek af.

Net als ik de sluiting van de jurk wil losmaken, gaat de deur open.

Mijn vader. Hij zegt niets, hij staat daar maar, met een

uitdrukking op zijn gezicht die ik amper onder woorden kan brengen. Het is geen woede, eerder een combinatie van ongeloof en diepe teleurstelling.

Zijn blik glijdt over mijn kleding en zijn stem klinkt afgemeten als hij zegt: 'Trek dat uit en kom naar beneden.' Daarna sluit hij de deur en loopt weg.

Met trillende handen kleed ik me om, opzettelijk treuzelend. Veel te snel heb ik mijn eigen kleding weer aan, maar ik durf niet naar beneden. Wat staat me te wachten? Mijn ongehoorzaamheid kan niet zonder gevolgen blijven, dat begrijp ik heel goed.

Beelden van stille kloostergangen doemen voor me op, en ik sluit mijn ogen. Dát niet. Ik zou doodgaan als ik uit de gewone wereld weggehaald zou worden.

Opnieuw kijk ik naar buiten, en dan word ik opeens heel rustig. Het is alsof er een gordijn voor me wordt weggetrokken, waardoor de rest van mijn leven zich duidelijk voor me aftekent.

Ik loop de trap af naar beneden.

Ze wachten op me in het woonvertrek. Mijn moeder zit in een van de grote stoelen, mijn vader staat bij de stookplaats.

Uit respect sla ik mijn ogen neer. 'Het spijt me dat ik ongehoorzaam ben geweest.'

Dat is niet genoeg, ik zie het aan hun gezichten als ik even opkijk. Natuurlijk is het niet genoeg, maar een verontschuldiging is wel wat verwacht wordt. Excuses, tranen en smeekbeden – alles waarmee ik vroeger een misstap goed probeerde te maken. Maar toen was ik jonger en was mijn misstap minder ernstig.

Deze keer zullen tranen niet helpen, en dat besef maakt me rustig. Mijn lot ligt vast, ik hoef alleen de tirade van mijn vader over me heen te laten komen.

En de tirade komt. Hij dondert over me heen, als een onweersbui die blijft hangen, wegtrekt en terugkeert. Nog nooit heeft mijn vader me geslagen, maar nu doet hij het. Meerdere klappen, in mijn gezicht.

Mijn moeder kijkt naar de grond, heft dan haar kin en vraagt met zachte stem: 'Waarom, Ginevra? Waarom heb je ons zo te schande gemaakt?'

Met al mijn zelfbeheersing probeer ik niet te huilen, maar ik kan niet voorkomen dat een paar tranen me ontsnappen.

'Ik hou van Antonio,' zeg ik.

Dat is niet het antwoord dat ze wensen, eigenlijk verwachten ze helemaal geen antwoord, alleen berouw.

Mijn vader komt voor me staan. 'Daar hebben we het al over gehad. Je weet hoe we erover denken. Hoe haal je het in je hoofd om zonder toestemming het huis te verlaten, zonder begeleiding over straat te gaan en hem te ontmoeten?'

'Heeft iemand me gezien?'

'Laten we hopen van niet. Mijn dochter, in de kleding van een dienstmeid...' Mijn moeder huivert.

'We konden wel raden waar je naartoe was,' zegt mijn vader. 'Ik denk dat we te toegeeflijk voor je zijn geweest, Ginevra. We hebben te lang rekening gehouden met jouw wensen. Daar komt nu een einde aan, en dat heb je aan jezelf te danken.'

Ik zwijg en wacht af.

'Het is over met die onzin. Vanaf nu doe je wat ik zeg. Jij trouwt met Francesco.'

Het heeft geen enkele zin om te proberen mijn vader op andere gedachten te brengen. De manier waarop hij naar me kijkt, alsof ik niet langer zijn dochter ben maar een ongehoorzame bediende, maakt duidelijk dat zijn besluit vaststaat. Mijn wensen zijn ondergeschikt aan het bewaken van zijn reputatie en de goede naam van onze familie. Dat begrijp ik. Ik begrijp het werkelijk, en dat maakt niet alleen zijn, maar ook mijn besluit definitief.

12

Als mijn vader het vertrek verlaten heeft, klopt mijn moeder op de stoel naast haar. Verdoofd neem ik plaats.

'Denk niet dat ik je niet begrijp, Ginevra,' zegt ze, terwijl ze mijn hand pakt. 'Maar het huwelijk is een serieuze zaak, een onherroepelijk verbond tussen twee mensen en God. Zo'n verbond mag je niet lichtzinnig sluiten. Je hele toekomst is afhankelijk van de echtgenoot die je kiest, dus het is belangrijk dat die keuze weloverwogen gemaakt wordt. Een jong, verliefd meisje als jij kan de gevolgen van haar keuze niet overzien. Geloof me, kind, we doen dit alleen omdat we van je houden en het beste voor je willen.'

'Ik weet het, madre.'

Ze trekt me tegen zich aan en kust me op de wang.

'Francesco is een prima keus,' zegt ze. 'Hij zal een goede echtgenoot voor je zijn.'

Dagenlang zie ik Antonio niet. Ik word scherp in de gaten gehouden en kom de deur niet uit. Alleen voor de kerkdienst mag ik het huis verlaten, geflankeerd door mijn ouders.

Ik heb het gevoel dat mijn leven tijdelijk tot stilstand is gekomen, alsof ik in een tussenstadium zit, waarin ik niets anders kan doen dan wachten op wat komen gaat.

Omdat Vittoria mij geholpen heeft, is ze ontslagen en teruggestuurd naar haar geboortedorp. Ik weet dat Vittoria's familie afhankelijk is van haar inkomsten en voel me schuldig. Ik had haar er nooit bij moeten betrekken.

Ongeduldig kijk ik uit naar de zondagsmis in de Santa Maria Novella, de enige plek waar ik Antonio nog zie. Altijd op grote afstand. Mijn ouders staan zo op scherp dat ik niet te vaak naar hem durf te kijken, laat staan hem een briefje durf toe te stoppen.

De bedienden zijn streng toegesproken en met ontslag bedreigd als ze mij helpen.

Op een dag, als ik langs mijn vaders werkkamer loop, vang ik een flard van een gesprek op. Ik herken de stem van Francesco, en ik sta meteen stil. Zachtjes loop ik naar de deur en leg mijn oor tegen het hout.

Ja, het is Francesco en hij heeft het over een huwelijkscontract. Ik hoor mijn vader instemmende geluiden maken.

Ik heb Francesco nooit echt gesproken. We hebben beleefdheden uitgewisseld op het feest van San Giovanni, meer niet. Maar dat doet er niet toe, dat weet ik ook wel.

Aan de andere kant van de deur schrapen stoelpoten over de plavuizen. Snel ga ik achter een pilaar staan.

De deur gaat open en mijn vader en Francesco komen naar buiten.

'Heel fijn dat Ginevra ingestemd heeft,' zegt Francesco. 'U weet dat mijn voorkeur altijd naar haar is uitgegaan.'

'Dat weet ik, en ik begrijp het volkomen. Ze is immers een Amieri.'

De mannen lachen en mijn vader geeft Francesco een klapje op zijn schouder.

'Dat is dan afgesproken,' zegt hij, terwijl hij Francesco uitlaat. 'Ik ben het met je eens dat we niet te lang moeten wachten. Augustus is een mooie maand voor een bruiloft.'

Augustus! Dat is volgende maand al.

Normaal gesproken gaat er heel wat tijd overheen voor een huwelijk gesloten kan worden. Eerst zijn er verschillende rituelen en juridische handelingen, te beginnen met het *impalmamento*, waarbij de vader van de bruid en de bruidegom elkaar de hand schudden ten teken dat ze het met elkaar eens zijn.

Dat moment zal in een openbare ruimte plaatsvinden, na het opstellen en tekenen van het huwelijkscontract. Tot die tijd word ik nergens bij betrokken en krijg ik Francesco waarschijnlijk niet eens te zien.

Als de huwelijksdatum voor augustus is vastgesteld, zal het impalmamento heel binnenkort plaatsvinden, want er moeten een paar weken tussen zitten.

Nerveus ga ik de trap op en loop ik door mijn kamer heen en weer. Er is geen tijd meer om na te denken en de beslissing uit te stellen.

Ik had nooit gedacht dat ik mijn vaders wil zou durven trotseren, maar ik had ook nooit gedacht dat hij mij in deze positie zou brengen.

Als ik Antonio als man wil, moet ik een kracht tonen waarvan ik nog steeds niet zeker weet of ik die wel bezit.

Hoe overtuigd ik ook ben van de juistheid van mijn besluit, toch vallen er af en toe gaten in de muur van vastberadenheid die ik optrek.

Dagenlang kwel ik mezelf door het ene ogenblik vastbesloten mijn spullen te pakken en het andere ogenblik op het randje van mijn bed te zakken, overspoeld door twijfel.

Op zo'n moment komt mijn vader langslopen en kijkt mijn kamer in. Hij komt binnen en gaat naast me op het bed zitten.

'Ik weet dat je verdriet hebt, Ginevra, maar dat gaat voorbij,' zegt hij. 'Dit huwelijk zal je goeddoen. Francesco is rijk genoeg om je een prettig leven te kunnen geven. Hij weet dat je niet graag in huis zit en heeft mij verzekerd dat hij je regelmatig mee zal nemen, de stad in of voor uitstapjes naar het platteland. Als je wilt, mag je hem zelfs vergezellen op zijn reizen naar andere steden. Lijkt je dat niet leuk? De meeste mannen laten hun vrouwen thuis, dus je mag van geluk spreken.'

Ik beaam dat, doe alsof ik me in mijn lot geschikt heb.

Twee dagen later zie ik Antonio weer in de Santa Maria Novella. Voorzichtig kijk ik over mijn schouder, en dan, alsof een onzichtbare draad ons verbindt, kijkt hij ook naar mij. Hij trekt zijn wenkbrauwen op.

Een paar hartslagen lang houden onze ogen elkaar vast, dan knik ik.

13

Nu het besluit genomen is, is het mijn beurt om initiatief te nemen. We kunnen niets afspreken; ik zal moeten wachten tot ik het huis uit kan glippen. De kans dat dat moment komt is niet erg groot, en dus bereid ik een ontsnappingspoging voor.

Vroeg in de ochtend, nog voor de bedienden wakker zijn, lijkt me het beste tijdstip. Er zal alarm geslagen worden, maar als Antonio en ik snel zijn, kunnen we de stadspoort dan al bereikt hebben.

Die nacht doe ik geen oog dicht. Er ligt een linnen zak klaar onder mijn hemelbed. Als de duisternis van de nacht overgaat in grijze ochtendschemering, doe ik het luik een stukje open om wat licht binnen te laten en trek een eenvoudige donkerblauwe jurk aan. Dan haal ik mijn spullen onder het bed vandaan. Veel is het niet, wat kleding en mijn sieraden.

Nu moet ik nog weg zien te komen. De zware, dubbele voordeur zit op slot, en de sleutel hangt aan mijn vaders gordel.

Zo zacht mogelijk ga ik de overloop op, sluip de trap op naar boven, waar mijn vaders kamer is. De deur staat open.

Ik loop heel zachtjes naar binnen en wacht tot mijn ogen aan het donker gewend zijn. Dan zie ik het bankje waar mijn vader altijd zijn kleding op legt.

Mijn vingers glijden over het bont en fluweel van zijn mantel, dan over het leer van zijn hozen. Als ze het gladde leer van zijn gordel tegenkomen, tast ik verder naar het koude ijzer van de sleutel. Hij is groot, en ik heb hem snel te pakken.

Met ingehouden adem stap ik terug naar de deur. Daar blijf ik even staan en kijk naar het hemelbed.

'Dag, padre,' fluister ik.

Bij de slaapkamer van mijn moeder blijf ik eveneens staan en druk een kus op de deur. Daarna pak ik het bundeltje spullen, dat ik bij de trap heb neergelegd, en ga op mijn tenen naar beneden.

Pas als ik bij de voordeur ben, trek ik mijn schoenen aan. Ik sla mijn mantel om me heen, schuif de grendel weg en steek de sleutel in het slot.

Ik open de deur niet verder dan nodig is, glip naar buiten en sluit hem achter me. Dan haast ik me met de zak onder mijn arm de schemerige piazza op. Ik ren de steeg door, naar de Mercato Vecchio, de Via degli Strozzi in.

De hele weg naar het huis van Antonio blijf ik rennen. Aan het einde van de Via Tornabuoni blijf ik buiten adem staan en laat ik de klopper op de deur van het palazzo vallen. Het geluid weergalmt luid en hol in de hal.

Niemand doet open, iedereen slaapt natuurlijk nog. Ik blijf kloppen, en na een tijdje klinken er voetstappen.

Cristiano, de bediende, doet open en kijkt me verbaasd aan. 'Signorina Ginevra! Is alles goed met u?'

'Ja,' zeg ik, terwijl ik langs hem heen de hal in stap. 'Wil je signor Rondinelli waarschuwen dat ik er ben?'

Cristiano is al jaren bij de familie Rondinelli in dienst en kent mij goed. Zonder vragen te stellen haast hij zich naar boven.

Nerveus loop ik heen en weer door de hal. De hoge muren zijn tot aan de hanenbalken versierd met het fresco van een galerij, zodat de hal nog groter lijkt. Als kind al vond ik dat prachtig, en opeens dringt het tot me door hoelang ik Antonio al ken, en hoe onafwendbaar dit moment was.

Voetstappen roffelen op de trap en ik draai me om.

'Ginevra!'

Zo te zien heeft Antonio zich in grote haast aangekleed, want de nestels van zijn wambuis zitten nog los, en hij draagt geen schoenen.

'Eindelijk,' zegt hij, en hij neemt me in zijn armen.

We vertrekken meteen. Antonio is voorbereid: zijn spullen staan klaar. Hij heeft zelfs al een brief voor zijn moeder geschreven, die hij aan Cristiano geeft.

'Dus we gaan naar Roma,' zegt hij. 'Als signor Degli Amieri hier voor de deur staat, zeg je dat tegen hem.'

De bediende knikt en belooft dat hij de boodschap zal doorgeven. We gaan de deur uit en lopen de Via Tornabuoni in.

'Roma,' zeg ik. 'Hopelijk trapt mijn vader daar in.'

'Dat denk ik wel. Bologna ligt te veel voor de hand.'

'Maar daar gaan we wel naartoe, toch?'

Antonio knikt. 'Daar heb ik vrienden die ons zullen helpen.'

Het is rustig op straat en zonder problemen komen we bij de stadspoort. Het paard waarmee Antonio van Bologna naar Fiorenza is gekomen had hij gehuurd. Bij een stalhouderij vlak bij de poort koopt hij twee paarden.

Met een vakkundig oog keurt hij de dieren en intussen maakt hij een praatje met de stalhouder. Hij informeert of ze fit genoeg zijn om mee naar Roma te reizen, en de stalhouder verzekert hem dat ze die rit gemakkelijk aan kunnen. Antonio betaalt en schaft ook gelijk twee zadeltassen aan.

Hij leidt de paarden naar buiten en helpt mij een lichtbruine merrie te bestijgen. Vervolgens stopt hij onze bezittingen in de zadeltassen en stijgt hij zelf ook op.

Glimlachend kijkt hij mij aan. 'Daar gaan we, *bella*!'

Vol verwachting kijk ik naar de stadsmuur, waarachter zich een voor mij onbekende wereld uitstrekt. In het ommeland van Fiorenza heb ik wel tochtjes per paard gemaakt, maar nooit erg ver.

Ik sta op het punt om iets onherroepelijks te doen, en ik aarzel geen moment. Wat is dit voor kracht waar ik aan gehoorzaam, die me alles wat me vertrouwd is de rug doet toekeren?

Mijn blik gaat omhoog, naar het eerste blauw dat het ochtendgrijs verdringt.

'Lieve God,' bid ik. 'Als U ons veilig in Bologna laat aankomen, zal ik dat opvatten als een teken dat Antonio en ik voor elkaar bestemd zijn. Zo niet, dan leg ik me neer bij het leven dat U voor mij in gedachten heeft.'

Na dat pact voel ik me wat geruster. Er steekt geen windhoos op en het begint niet te hagelen of te onweren als teken van Zijn afkeuring.

We rijden onder het gewelf van de poort door en ik zucht diep.

Antonio vat die zucht verkeerd op. 'Het komt goed, Ginevra,' zegt hij. 'Vertrouw op mij.'

Dicht naast elkaar rijdend steken we de brug over en dan ligt de stad achter ons.

Met het gevoel dat ik droom kijk ik naar de heuvels om me heen. De zon komt op en voorziet het glooiende landschap van een gouden gloed.

We sporen onze paarden aan en galopperen weg. Ik kijk niet om.

14

Een enorme wereld ligt om me heen en bestormt me met zijn kleuren en geuren. Het heeft zowel iets aanlokkelijks als bedreigends; alsof ik een verboden paradijs betreed. Tussen wijngaarden en velden door rijden we om de stad heen, naar de weg die naar Bologna leidt.

We volgen een tijdje een pad dat dwars door een woud van olijfbomen naar Fiesole voert, dat hoog op de heuvel ligt.

In het begin kijk ik voortdurend over mijn schouder, maar als de weg begint te stijgen en niemand ons achternakomt, begin ik me wat geruster te voelen.

Van veraf zijn de stadsmuren en de toren van de Duomo van Fiesole al zichtbaar, maar het is nog een hele rit omhoog.

Pas als we bij het stadje zijn, nemen we even rust. Terwijl de paarden uit een beekje drinken, eten Antonio en ik een stuk brood en kijken uit over Fiorenza, dat ver beneden ons in het dal ligt.

De stad biedt een adembenemende aanblik, als een fresco, uitgevoerd in oranjebruine en zachtgele tinten, een en al daken, kerktorens en kloosters. De Arno beweegt zich als een zilveren lint langs de stad. Vanaf hier is pas goed te zien hoe groot de nieuwe kathedraal is, al heeft hij nog geen koepel.

'Wat prachtig!' zeg ik.

'Ja, het is ontzettend mooi. Hoe vaak ik het ook zie, ik moet altijd even op dit punt van het uitzicht genieten.' Antonio kijkt omhoog naar de top van de berg. 'Maar we moeten nu wel gaan. De Monte Senario is niet ver meer. Als we daar voorbij zijn, schieten we goed op.'

Ik kijk ook omhoog, waar het klooster zich hoog boven mij verheft als een waarschuwing voor wat me te wachten staat als ik teruggehaald word. Dan kijk ik weer naar beneden. Daar ergens, in de wijk links van de kathedraal, staat mijn ouderlijk huis. Ongetwijfeld is mijn verdwijning inmiddels ontdekt. Hoe zullen mijn ouders gereageerd hebben, en wat doen ze nu? Zijn ze boos, verdrietig, of allebei?

Ik bijt op mijn lip.

'Hoe moet dat nou straks, in Bologna?' vraag ik. 'Waar gaan we van leven?'

'Zoals ik al zei zet ik het familiebedrijf vanuit Bologna voort. Ik heb wissels bij me die ik bij de bank kan inleveren, dus over geld hoeven we ons geen zorgen te maken.'

'Maar als jij vanuit Bologna je zaken regelt, zal mijn vader dat merken. Dan weet hij waar we zitten.'

'Daarom moeten we zorgen dat we voor die tijd getrouwd zijn.'

Ik knik, voel me een zwartkijker, maar ik kan me niet onttrekken aan de wolk van zorgen boven mijn hoofd. 'Antonio, hoe kunnen we in hemelsnaam trouwen? Ik heb geen vader of broer die toestemming kan geven voor een huwelijk.'

'Nou en? Die heb je ook niet nodig.'

'In jouw wereld niet, maar in die van mij wel. Er is geen geestelijke die ons trouwt als bekend wordt wie ik ben en dat ik van huis ben weggelopen.'

Antonio steekt zijn hand uit, en ik pak hem. 'Luister, ik heb hierover nagedacht. Dacht je dat ik er zomaar met jou vandoor zou gaan? Ik heb dagen geleden al een bericht gestuurd naar Bartolomeo, mijn vriend. We worden verwacht. Hij kent een geestelijke die ons wil trouwen. Als ons huwelijk eenmaal gesloten is, kan je vader er niets meer aan doen. Dan ben je zelfstandig en heeft hij niets meer over je te zeggen. Dan kunnen we zelfs terugkeren naar Fiorenza als je wilt.' Antonio knijpt in mijn hand. 'Echt, maak je geen zorgen. Ik weet wat ik doe.'

Iets van mijn twijfel en onzekerheid verdwijnt, een glimp van een mooie toekomst komt ervoor in de plaats. 'Alles komt goed.'

'Zo is dat. Alles komt goed.'

We stijgen op en terwijl de paarden zonder aansporing het pad volgen, kijk ik naar de strakblauwe hemel.

Daarboven wordt alles nauwkeurig bijgehouden en op een dag zul je je moeten verantwoorden voor je zonden. Op een dag zal ik boete doen.

Maar niet vandaag. Niet voor ik écht geleefd heb.

Even voorbij Fiesole maakt het bos plaats voor een glooiend landschap vol wijngaarden. Het bergpad klimt en daalt, en voert door stille dorpjes met piazza's, waar vrouwen bij de waterput staan te praten en ons nakijken.

Het vervolgt zijn weg langs zachtgroene olijfbomen met knoestige takken, en velden waar rijen cipressen rank als groene penselen staan. De drukte en stank van de stad zijn ver weg; hier hebben we alleen gezelschap van vogels en vlinders. Ik geniet volop van de zon op mijn huid en van de pittige geur van kruiden om me heen. We zijn binnengetreden in een wereld die ons samen toebehoort, waarin anderen geen rol meer spelen.

We brengen de nacht door in een klooster. Het is een klein franciscaner klooster dat een aardig stuk van de route ligt, waardoor we veilig zijn voor eventuele achtervolgers.

Evengoed doe ik bijna geen oog dicht. Antonio en ik slapen gescheiden. Zolang hij dicht bij me was, voelde ik me vastbesloten en veilig, maar in de eenzaamheid van de duisternis slaat de twijfel toe.

Tot mijn verbazing mis ik mijn vertrouwde kamer, het huis waarin ik ben opgegroeid en dat achttien jaar lang mijn wereld vormde.

Rusteloos draai ik me van mijn ene op mijn andere zij. Mijn hele leven heb ik verlangd naar avontuur en nu het zich aandient, schrikt het me af. De toekomst ziet er plotseling donker en onzeker uit.

Uiteindelijk slaap ik na veel gepieker in, maar ik word steeds weer wakker. Als ik eindelijk vast slaap word ik gewekt door de lauden, de ochtendlofprijzingen.

Geruis van pijen klinkt, zachte voetstappen echoën in de overwelfde gangen. Even later dringt gregoriaans gezang tot me door.

Stil op mijn rug liggend luister ik ernaar. Na een tijdje sta ik op, open de luiken en laat het ochtendlicht het gastenverblijf binnenstromen.

Terwijl ik me aankleed herinner ik me dat ik gisteren in de refter een fresco heb gezien dat vannacht steeds in mijn dromen terugkeerde. Gisteravond was ik moe en heb ik de schildering niet goed bekeken, maar ondanks die korte blik erop heeft ze blijkbaar wel indruk gemaakt. Ik wil het niet weer zien, maar iets drijft me ernaartoe.

Zachtjes open ik de deur en loop door de gang naar de refter, die gevuld is met lange tafels en banken. Straks zullen de monniken hier de maaltijd gebruiken, maar nu is het er nog stil en verlaten.

Door een van de boogvensters strijkt het ochtendlicht over het fresco achter in de zaal. Langzaam loop ik ernaartoe.

Het is een afbeelding van de hel. Een groep naakte vrouwen, omgeven door rotsen en vuurtongen, staat sidderend bijeen. Uit spelonken kruipen duivels met weerzinwekkende tronies, gewapend met driepuntige vorken. Op de achtergrond worden een paar jonge vrouwen een grot in gesleept, buiten drijven rode en zwarte duivels hun drievorken in de keel van een mooi meisje met loshangende haren. Een ander meisje gaat geheel schuil onder de dunne lichamen van de duivels.

Ik huiver, sla een kruis en verlaat snel de zaal.

15

Zodra het helemaal licht is, gaan we verder. Antonio stopt het brood dat hij van een monnik krijgt in zijn zadeltas en helpt mij in het zadel.

'Dat doen we niet meer,' zegt hij als we wegrijden.

Even denk ik dat hij terug wil naar Fiorenza. Verschrikt kijk ik hem aan, maar mijn twijfel sterft zo snel weg als het gezang in het klooster achter ons.

Hij pakt mijn hand en drukt er een lange, innige kus op.

'Geen kloosters meer, bella. Vanaf nu wil ik dag en nacht bij je zijn. Ik heb nauwelijks geslapen vannacht. Iedere keer wanneer ik wakker werd, was ik bang dat ik alles maar gedroomd had. Dat je teruggekeerd was, of, nog erger, nooit meegegaan was. Je kunt je niet voorstellen hoe opgelucht ik was toen ik je vanochtend zag.'

'Ik heb er wel over liggen denken... over teruggaan. Denk jij dat we hierdoor in de hel komen? Dat we een doodzonde begaan?'

Antonio zegt een tijdje niets. Als hij eindelijk spreekt klinkt zijn stem vreemd. 'Arme Ginevra. Ze hebben je wel kleingekregen met die boetepreken en eeuwige opsluiting in huis, nietwaar? Nee, we hebben geen doodzonde begaan. Je bent ongehoorzaam geweest aan je vader, maar aan de andere kant wilde hij je tegen je zin met iemand laten trouwen. Dat is juridisch niet toegestaan. En geloof me, na twee jaar rechtenstudie weet ik waar ik het over heb. God zal echt wel een plaatsje voor je in de hemel vrijhouden. En als dat niet zo is, dan heb ik daar ook niets te zoeken.'

Tegen zoveel nuchterheid kan ik niet op. Ik zucht en geef me gewonnen, maar Antonio's woorden kunnen mijn ongerustheid niet helemaal wegnemen.

We rijden een tijdje in stilte door. Het pad maakt een bocht en totaal onverwacht staat er een kerkje langs de kant van de weg.

Het heeft een vierkante klokkentoren en is opgetrokken uit ruwe stenen.

Zonder iets te zeggen houd ik mijn paard in, bind het aan een boom vast en loop naar de ingang. Ik duw de deur open en ga de schemerige ruimte binnen. Omringd door de geur van schimmelige stenen en een vleugje wierook loop ik naar het altaar. Om me heen zijn restanten van fresco's te zien, half weggevreten door het vocht. Door een hoog, smal venster valt een strook licht op een Madonnabeeld. Maria draagt het kindje Jezus op haar arm en kijkt met een tedere glimlach op hem neer.

Ik laat me aan haar voeten neervallen, kijk naar haar serene gezicht en zie nonna's glimlach. Een golf van weemoed spoelt over me heen.

Achter me klinken voetstappen. Antonio komt naast me staan, kijkt naar het Madonnabeeld en dan naar mij. 'Misschien kan ik je maar beter terugbrengen,' zegt hij zacht. 'Hoe kan ik je vragen bij me te blijven als je het er zo moeilijk mee hebt?'

Ik steek mijn hand uit en laat me door hem overeind helpen. 'Ik wil helemaal niet terug, maar ik heb het er inderdaad moeilijk mee. Het is allemaal zo onwerkelijk. Ik ben nog nooit bij mijn ouders vandaan geweest, ik ben zelfs niet verder dan een mijl buiten de stadspoort geweest, en nu ben ik hier, met jou.'

'Het moet allemaal erg zwaar voor je zijn. Weet je zeker dat je geen spijt hebt? Dat je je ouders en je eigen vertrouwde omgeving niet te erg zal missen?'

Ik adem diep in en uit. De muffe lucht in het kerkje geeft me te weinig zuurstof, ik kan niet helder nadenken. Ik loop naar de deuropening, terug naar de zon. Buiten laat ik mijn ogen over het ruige landschap glijden, waar klaprozen bloeien in het gras. Tere schoonheid in een ruwe wereld.

Antonio komt schuin achter me staan en slaat zijn armen om me heen.

'Ik heb geen spijt,' zeg ik. 'En ja, ik zal mijn ouders heel erg missen, maar niet zo erg als ik jou gemist heb.'

Hij kust me in de hals.

'Gelukkig. We doen niets verkeerds, Ginevra. Waarom zouden we leven als alles wat het leven de moeite waard maakt verboden is?'

'Om de hemel te verdienen?'

'Zou dat echt het enige doel zijn? Heeft God de liefde gemaakt om te negeren? Dat geloof ik niet. Waarom zou er een vloek op zoiets moois moeten rusten? Waarom zou het iets onbereikbaars moeten zijn?'

'Omdat ik moet trouwen met Francesco Agolanti.'

'Je moet helemaal niets.'

'Ik ben aan hem beloofd.'

'Heb je hem zelf een huwelijksbelofte gedaan?'

'Nee, mijn vader.'

'Dan moet je vader maar met hem trouwen.'

Ik lach, sluit mijn ogen en warm mijn gezicht in het zonlicht. Antonio's armen zijn stevig en liefdevol om me heen. Hij heeft gelijk; hoe kan dit slecht zijn?

Vlinders fladderen om ons heen. Ik volg hun dans met mijn ogen. Sommige soorten leven een heel seizoen, andere maar één dag, maar ze halen eruit wat erin zit.

Ik draai me om en kus Antonio. 'Laten we verdergaan. Bologna is nog ver.'

Langzaam maar zeker maken de bergweiden en veldjes vol stenen plaats voor bossen. Het loof laat maar weinig licht door, en de kou en het vocht dringen door mijn mantel.

Antonio vertelt me dat deze weg de Via degli Dei heet, de Godenweg, omdat de hoogste bergen vernoemd zijn naar goden, zoals Adonis, Venus en Jupiter.

'Het is een ontzettend oude weg,' zegt hij. 'Zeven eeuwen voor Christus, in de tijd van de Etrusken, was dit al een handelsroute. Daarna kwamen de Romeinen en die gebruikten hetzelfde pad. Ze verhardden het en noemden het de Via Flaminia Militare. Het ligt er nu al eeuwen. Ongelooflijk hè?'

'Ja, en nu rijden wij er.' Ik kijk naar de ronde, bemoste stenen waarover mijn paard zich een weg zoekt. 'En wie weet hoeveel mensen na ons nog.'

De weg voert dwars door uitgestrekte bossen vol eiken en pijnbomen. Meermalen moeten we de paarden inhouden voor een kudde wilde zwijnen of een troep herten.

In eerste instantie denk ik dat ik die opnieuw hoor als er hoefgetrappel klinkt. Maar nee, dit klinkt anders, zwaarder.

Gealarmeerd kijken we naar beneden. Op de bochtige weg onder ons is een groep ruiters in aantocht. Ze hebben haast. Dan schemeren hun wapenschilden tussen de bomen door. Wapenschilden die ik herken.

'Die zijn door mijn vader gestuurd,' zeg ik.

Antonio springt van zijn paard, ik doe hetzelfde. We trekken de dieren het bos in. Erg ver kunnen we niet, daarvoor hebben we te weinig tijd.

Doodstil staan we tussen de bomen. Een groep van vijf ruiters komt de bocht om.

Met angstig bonzend hart wacht ik af.

Het lawaai van de hoeven komt dichterbij. Helmen en zwaarden flitsen in het zonlicht, dan galopperen de ruiters voorbij. In het tumult van paardenhoeven valt het onrustige gesnuif van onze eigen rijdieren gelukkig niet op.

We blijven roerloos staan tot het geluid van de paardenhoeven weggestorven is.

Het duurt even voor we verder durven gaan.

'Ze droegen jullie familiewapen,' zegt Antonio.

Ik knik bezorgd. 'Dat betekent dat mijn vader doorheeft dat we niet naar Roma gaan.'

'Of hij heeft ruiters in alle richtingen gestuurd.'

Dat klinkt inderdaad als iets wat mijn vader zou doen.

'Wat nu?' vraag ik.

'We gaan gewoon verder. Ze zijn ons nu toch voorbij.'

'Maar misschien komen ze terug, of wachten ze ons ergens op.'

'Dan moeten ze eerst weten waar we zijn. Als we opletten, kunnen we ze wel ontlopen. Zij maken meer lawaai dan wij. En in de buurt van Bologna moeten we goed uitkijken. Ze zullen de poorten wel bewaken, dus we rijden om de stad heen.'

In stilte vervolgen we onze weg. We kijken voortdurend omhoog en bij elk geluid spitsen we onze oren. Meer dan een kudde geiten komen we niet meer tegen, maar zodra we even onraad vermoeden, leiden we onze paarden van de weg af.

Het verontrust me dat mijn vader ons doorheeft, en dat hij alles op alles zet om me terug te halen. Zijn ongerustheid moet even groot zijn als zijn woede.

Verdwenen is mijn opgewekte stemming, maar ik voel ook iets van berusting. Ik heb niet voor niets een pact met God gesloten. Ik moet het aan Hem overlaten.

16

Halverwege de middag passeren we de top van de berg en zetten we de daling in. Een paar uur later komt muziek ons tegemoet, en algauw zien we een dorp tegen de helling liggen. Aan de vierkante klokkentoren van de kerk wappert een banier waarop een *sagra* staat aangekondigd.

'Een feest!' zeg ik. 'Zullen we ernaartoe gaan?'

Antonio knikt. 'Het wordt toch tijd om een plek voor de nacht te zoeken.'

We volgen een paar bochten en dan staat er plotseling een man op de weg. De paarden snuiven en Antonio grijpt naar zijn mes, maar laat zijn hand weer zakken.

Het is een pelgrim, gekleed in een witte pij, met een kap over zijn hoofd en een wandelstok in zijn hand. Licht voorovergebogen groet hij ons.

Wij groeten terug en wachten tot de man opzijgaat.

In plaats daarvan blijft hij midden op de weg staan en kijkt naar het dorp. 'Dat feest maar,' zegt hij met donkere stem. 'Het feest van de ravioli, van de wijn, van de zomer. Terwijl er helemaal niets te vieren valt, en alles te vrezen.'

‘U bent toch niet zo’n onheilsprofeet die denkt dat het einde van de wereld nabij is?’ zegt Antonio.

De pelgrim neemt hem van top tot teen op. ‘Hongersnood, aardbevingen, overstromingen, vuurflitsen aan de hemel. Is God niet duidelijk genoeg?’

Slecht op mijn gemak schuif ik heen en weer in het zadel. Vorig jaar is inderdaad de oogst mislukt. Het regende en regende, alsof er een nieuwe zondvloed op komst was. Zo erg werd het gelukkig niet, maar het gevolg was wel dat het graan stond te rotten op de velden, de druiven in de wijngaarden niet groeiden bij gebrek aan zonlicht en de olijfoogst mislukte. Toen de zon eindelijk terugkeerde, was het te laat.

‘Het is een straf voor de mensheid,’ zegt de pelgrim. ‘Maar we zullen niet allemaal omkomen.’

‘Nee?’ zeg ik hoopvol.

‘Luister toch niet naar hem.’ Antonio werpt een geërgerde blik op de man.

De pelgrim negeert hem en richt zich tot mij. ‘Wij zijn allemaal zondaars, signora. Het is aan Hem om te oordelen, maar weinigen zullen gespaard worden.’

‘Wij gaan verder,’ zegt Antonio. ‘Ik wens u een prettige dag. Kom, Ginevra.’

Ik knik naar de man, spoor mijn paard aan en volg Antonio. Als ik omkijk, staat de man nog op dezelfde plek en staart naar me.

Met een gevoel van beklemming draai ik me om in het zadel.

De naargeestige voorspelling doet me denken aan een overstroming die Fiorenza trof toen ik klein was. Het water in de Arno steeg, spoelde door de straten, deed huizen instorten en sleurde iedereen op zijn weg mee. Niet alleen de ongelovigen; ook kleine kinderen die nog niets op hun geweten konden hebben.

Het maakt allemaal niets uit, zegt een stemmetje in mijn hoofd. Het is totaal willekeurig. Je wordt ziek of je wordt niet ziek. Je verdrinkt of je overleeft een overstroming. Het is een kwestie van pech of geluk.

We rijden het bergdorp in, waar het feest in volle gang is. De lucht is zwaar van de bak- en braadlucht en de scherpe geur van dieren. We vallen midden in een ezelwedloop rond de kerk, waarvoor het hele dorp zich heeft verzameld. Op de piazza staan schragentafels klaar voor de maaltijd. In het midden is een ruimte opengelaten om te dansen.

Als de ezelwedstrijd is afgelopen, krijgen de dorpsbewoners ons in de gaten.

'Welkom!' roept een oude man. 'Welkom, welkom!'

We zijn echt welkom; we worden toegelachen en overgehaald om van onze paarden te komen.

'Laten we dat maar doen,' zegt Antonio met een glimlach. 'Onverwachte gasten uitnodigen brengt geluk. En dat wildgebraad ruikt erg goed.'

We schuiven aan een lange tafel, laten onze nappen volscheppen en onze bekers vullen, en we lachen en praten met de dorpelingen.

In een hoog tempo worden de tafels vol gezet met schalen met pruimen, aardbeien, tomaten en brokken kaas. Manden met hompen versgebakken brood en schalen met ravioli en stoofschotel verspreiden heerlijke geuren.

Niemand vraagt waar we naartoe gaan. Niemand vraagt wie we zijn. We eten mee, lachen om grappen die we maar half begrijpen en na de maaltijd komen we achter de tafel vandaan om ons bij de dansende menigte aan te sluiten.

Antonio danst de hele avond met me. Hij houdt zijn arm om mijn middel geslagen en drukt me stevig tegen zich aan.

'Dit is ons bruiloftsfeest,' zegt hij in mijn oor. 'Het zal wel weer een zonde zijn, maar ik beschouw je als mijn vrouw. Daar heb ik geen priester bij nodig. Kijk...'

Hij haalt een gouden ring met een robijnrood bolletje tevoorschijn.

Ik ken dat soort ringen; het rode bolletje is van was. Onder invloed van warmte smelt de was en komt er een heerlijke geur vrij. Ze zijn op het moment erg geliefd in Fiorenza, en erg duur. Verrukt laat ik de ring aan mijn vinger schuiven.

'Rozengeur,' zegt Antonio. 'Dat vond ik wel passend. Dit is je trouwring, signora Rondinelli, tot ik iets beters heb.'

Hij trekt me weer tegen zich aan en danst neuriënd met me in het rond. Het bolletje was verspreidt een subtiele rozengeur om ons heen.

Tot diep in de avond weerkaatsen het gelach en de muziek tegen de gevels van de piazza. Op een gegeven moment worden de kleine kinderen, die op de grond liggen te slapen, naar huis gedragen en wordt wat over is van het eten van de tafels gehaald.

Een oudere vrouw vertelt dat iets buiten het dorp een verlaten schaapherdershut staat waarin we de nacht kunnen doorbrengen. Antonio bedankt haar hartelijk.

Weemoedig kijk ik naar de lege tafels, het platgetrapte

voedsel op de grond, de olijfolielampjes die langzaam doven. 'Jammer. Het was zo leuk.'

Antonio kust me op mijn hoofd. 'Niet verdrietig zijn, bella. Er komen meer feesten dan je aankunt. Dat beloof ik je.'

17

In de schaapherdershut is het koud. Zo hoog in de Apennijnen koelt het 's nachts flink af. De twee dekens die Antonio heeft meegenomen, zijn niet genoeg om warm te blijven; we houden onze kleren aan.

Ik kruip tegen Antonio aan en hij slaat zijn armen om me heen. Zacht streelt hij mijn schouder, en ik beantwoord zijn liefkozingen.

Hij kijkt me aan. In het maanlicht dat naar binnen valt zie ik alleen de glans van zijn ogen. Dan begint hij me weer te strelen en te kussen.

Ik kus hem terug, terwijl hij de haakjes van mijn japon losmaakt. Ik help hem, en dan ben ik naakt, maar ik voel geen enkele schaamte. Alleen een dwingend verlangen.

Iedere beweging is zwaar en vertraagd, alsof ik koorts heb. Mijn bloed jaagt door mijn lichaam, alles gloeit, vraagt, verlangt.

Al mijn gedachten komen tot stilstand, mijn lichaam neemt de regie over.

En dan voel ik dat Antonio in me komt. Ik houd mijn

adem in. Hij begint zachtjes te bewegen, dan wat sneller, tot een scherpe pijn me een kreet ontlokt.

Hij houdt meteen op. 'Doe ik je pijn?'

Ik schud snel mijn hoofd. Geen denken aan dat we stoppen, niet nu ik hem zo dicht bij me heb als maar mogelijk is. De pijn is trouwens al verdwenen. Ik geef me volledig over en neem definitief afscheid van het meisje dat ik was.

Als het ochtendlicht de hut binnenvalt is de wereld voorgoed veranderd. Ik lig op mijn rug, Antonio op zijn zij. Hij slaapt en ademt rustig.

Het is prettig om te kijken naar zijn ontspannen gezicht, dat een heel andere man van hem maakt. Zo zacht en weerloos ken ik hem niet.

Voorzichtig raak ik hem aan. Zijn haar. De stoppels op zijn kin. Mijn vinger glijdt zachtjes over zijn gezicht.

Hij slaapt gewoon door.

Ik kom overeind, duw de deur open en stap naar buiten.

De wereld is bedekt met een glinsterend waas van dauw. Boven me verrijzen de toppen van de Apennijnen. Die ongerepte, stille wereld zullen wij straks binnentrekken. We zullen er ons oude leven achterlaten en aan de andere kant van het gebergte afdalen. Ik zal Bologna zien en signora Rondinelli worden. Ik zal gelukkig worden.

Ivoor- en perzikkleurige slierten trekken hun sporen door de steeds lichter wordende hemel. Met een glimlach kijk ik toe hoe de eerste dag van mijn nieuwe leven aanbreekt.

De stilte wordt verstoord door hoefgetrappel.

Gealarmeerd kijk ik om. Over de bochtige weg verderop komt een groep ruiters aangaloppperen.

Ze zijn te ver weg om ze goed te kunnen zien, maar ze zijn gewapend; de zon fonkelt op hun zwaarden. Vijf ruiters, net als gisteren. Ze hebben me gezien, dat kan niet missen. Een van hen draait zich om naar de anderen en wijst naar me.

Heel even sta ik roerloos, dan ren ik naar de hut. 'Antonio, ruiters! Antonio!' Terwijl ik af en toe over mijn schouder kijk, blijf ik roepen, en dan komt Antonio naar buiten, half aangekleed, knipperend tegen het daglicht. Even lijkt de situatie niet tot hem door te dringen, dan duikt hij de hut in en haalt zijn zwaard tevoorschijn.

'Rennen, Ginevra!' Hij heft zijn zwaard alsof hij werkelijk denkt de groep in zijn eentje te kunnen tegenhouden.

Ik grijp zijn arm en trek hem mee. 'Kom, het bos in. Daar kunnen ze ons niet zo gemakkelijk volgen.'

De ruiters denderen over het veld. Heel even aarzelt Antonio nog, maar ik trek hem mee. Slechts gekleed in zijn hozen volgt hij me. Achter ons klinkt geschreeuw en gehinnik.

Net op tijd bereiken we het bos. Ik ren tussen de bomen door, wring me door het struikgewas, negeer de doorns die bloederige sporen over mijn armen en benen trekken. Mijn kleding blijft haken, takken slaan in mijn gezicht. Vogels vliegen verschrikt op. Het enige wat ik hoor, is het razen van mijn bloed en het luide kloppen van mijn hart.

Verder, verder! Dieper het bos in, uit het zicht. Bijna glijd ik uit op de vochtige bosgrond. Net op tijd grijp ik een grote tak, hervind mijn evenwicht en hol verder. Als ik geen geschreeuw meer hoor, stop ik. Hijgend, verscholen in het dichte groen, zoek ik steun bij een boomstam. En dan pas ontdek ik dat Antonio nergens te zien is.

Verschrikt kijk ik om me heen en onderdruk de impuls om zijn naam te roepen.

Waar is hij? Net rende hij nog achter me. Althans, dat nam ik aan. Ik besef dat ik niet heb omgekeken en dat ik hem niet heb gehoord tijdens mijn vlucht door het bos.

Hij moet bij de bosrand zijn blijven staan om de ruiters met zijn zwaard tegen te houden.

Met moeite slaag ik erin de opkomende paniek te onderdrukken en rustig te ademen. Het bos ligt stil en vredig om me heen, maar ik vertrouw het niet.

Behoedzaam loop ik terug, zoveel mogelijk beschutting zoekend achter de bomen. Als er in de verte weer stemmen klinken, duik ik verschrikt ineen.

Wat hebben ze met Antonio gedaan? Leeft hij nog?

Misschien hebben ze hem met rust gelaten omdat ze niet hem maar míj moesten hebben. Maar nee, mijn vader heeft beslist opdracht gegeven om zowel mij als Antonio terug naar Fiorenza te brengen.

Voorzichtig loop ik door. Ik hoor de mannen niet meer. Hebben ze het opgegeven? Dat kan ik me niet voorstellen.

Waarschijnlijk denken ze dat ik vanzelf zal terugkomen, omdat het weinig zin heeft om in mijn eentje door het bos te dwalen. En omdat ik wil weten wat er met Antonio is gebeurd.

Als ze dat denken, dan hebben ze gelijk. Zonder Antonio heeft het geen enkele zin om te vluchten.

Langzaam, in een wijde bocht, loop ik terug naar het punt waar ik het bos in ben gerend. Al die tijd is er geen spoor te zien van de mannen, maar ik hoor ze wel roepen. Een paar keer denk ik mijn naam te horen.

En inderdaad, ze roepen me. Ik hoor het pas goed als ik de rand van het bos nader en blijf staan.

Antonio ligt gekneveld op zijn rug in het veld. De mannen staan bij hem, een van hen houdt de punt van zijn zwaard op zijn geslacht.

Een ander roept me, met zijn handen aan zijn mond.

'Signorina Ginevra! Als u niet wilt dat Rondinelli gecastreerd wordt, kom dan tevoorschijn. We zullen u evengoed wel vinden!'

Er is geen enkele hoop meer. Ik twijfel er niet aan dat die ellendelingen dat waarmee ze dreigen werkelijk zullen uitvoeren.

Ik doe het enige wat ik kán doen: ik kom tevoorschijn.

DEEL II

Zoals een vogel ben ik,
die door een kooi omgeven
toch in de hoop blijft leven
eens weer vrij rond te zwerven
en vóór zijn sterven
zijn vleugels uit te slaan

Anonieme middeleeuwse
Italiaanse dichter

18

Er is geschreeuw, er zijn verwijten en ik krijg slaag. Maar mijn ouders zijn ook opgelucht. De deur van mijn vaders werkkamer staat halfopen en ik zie hem zitten, hoofdschuddend, met zijn handen tegen zijn gezicht gedrukt. Zijn schouders schokken.

Mijn moeder ziet er slecht uit. Bloeddoorlopen ogen, wallen, bleek. Ze huilt veel, zelfs nu ik al een paar dagen weer thuis ben.

Thuis.

Terug in mijn kamer, in mijn hemelbed. Elke avond huil ik mezelf in slaap, en bij het ontwaken zoekt mijn hand naar Antonio. Er is geen enkel contact meer tussen ons.

Aan handen en voeten gebonden, onder de blauwe plekken en sneeën, is hij teruggevoerd naar Fiorenza, als een misdadiger. Maar hij leefde, en de hele terugreis was hij nog in mijn buurt.

Ik werd niet vastgebonden, maar er werd wel streng op gelet dat ik geen ontsnappingspoging deed. Alsof ik daar de lust nog toe had, alsof ik ook maar iets zou doen wat Antonio in gevaar zou brengen.

De hele weg, die we in twee dagen aflegden, wreef ik over het wasbolletje aan mijn ring en vond ik troost bij de zoete geur die loskwam. Ik reed voorop, waardoor ik Antonio niet kon zien, maar ik hoopte dat een vleugje rozengeur hem zou bereiken.

Mijn vader buigt zijn hoofd en haalt een hand door zijn haar. Er hangt een zware stilte tussen ons, die hij uiteindelijk verbreekt.

'Niemand heeft iets gemerkt. Alleen de bedienden, maar die hebben instructies gekregen hun mond te houden. Francesco dacht dat je ziek was.' Hij heft zijn hoofd en kijkt me recht aan. 'Ik ga je iets vragen en ik wil een eerlijk antwoord. Heeft Antonio je aangeraakt?'

'Nee, padre.'

De leugen komt vlot uit mijn mond, alsof die zonde er na alle andere ook wel bij kan.

'Je bent nog maagd?'

'Ja, padre.'

'Echt waar?'

Als ik de waarheid vertel, kan mijn vader mij onmogelijk uithuwelijken en ga ik het klooster in.

'Echt waar, padre. We zouden gaan trouwen in Bologna. Tot die tijd wilden we wachten.'

Of mijn vader me gelooft weet ik niet, waarschijnlijk kiest hij ervoor dat te doen. In ieder geval slaakt hij een zucht van verlichting.

'Goed. Goddank. Dat is in ieder geval iets.'

Ik vouw mijn handen in mijn schoot. 'Mag ik iets vragen, padre?'

'Zeg het maar.'

Ik adem diep in en stoot dan uit: 'Waar is Antonio?'

Het duurt even voor ik antwoord krijg.

'Op een plek waar hij zijn zonden kan overdenken.'

'In de Stinche?'

'Ja.'

Een visioen van Antonio in de stadsgevangenis, met ijzers vastgeklonken aan een vochtige muur, verschijnt voor mijn ogen. Met moeite houd ik mijn gevoelens in bedwang.

'Ontvoering is een zwaar misdrijf, Ginevra.'

'Maar hij heeft me niet ontvoerd. Ik ben uit vrije wil met hem meegegaan!'

'Met wat jij wil houdt geen rechter rekening. Je bent een meisje en je bent meegevoerd door iemand die uit je buurt diende te blijven. Dat is ontvoering en de straf zal er ook naar zijn.'

'Straf?'

'Straf, ja. Je weet welke straf er op ontvoering staat. Ik schep er helemaal geen genoegen in om die te laten uitvoeren, dat moet je geloven. Ik wil alleen dat Antonio bij jou uit de buurt blijft.'

Een golf van paniek overvalt me. 'Niet de doodstraf! Alstublieft!' Ik grijp mijn vaders arm beet.

'Wees maar niet bang, het zal niet zo snel de doodstraf worden. Daarvoor hebben de Rondinelli's te veel invloed. Maar straf krijgt hij. Waarschijnlijk zweepslagen en verbanning.'

Alleen al bij de gedachte breekt het zweet me uit. 'Ik blijf uit zijn buurt! Ik beloof het! Laat hem alstublieft geen zweepslagen krijgen!'

Mijn vaders gezicht staat besluiteloos. Onderzoekend kijkt hij me aan.

Ik pak zijn hand en kijk smekend terug. 'Ik zal geen contact zoeken met Antonio. Nooit meer. Weglopen was een vergissing, dat zie ik nu wel in. Het spijt me zo.' Ik buig mijn hoofd en huil zacht.

Mijn vader tilt met zijn vinger mijn kin omhoog en kijkt me doordringend aan. 'Lieve dochter, geloof je dat jouw geluk me meer waard is dan mijn eigen leven?'

'Ja, padre...'

'Dat ik dit alleen doe voor jouw bestwil?'

'Ja, padre.'

'Soms moet je op het oordeel vertrouwen van iemand die langer heeft geleefd, meer heeft meegemaakt en mensen beter kan beoordelen. Denk je niet dat ik, met al mijn mensenkennis en levenservaring, de beste keuze kan maken voor jouw levensgeluk? Verliefdheid is zo tijdelijk, zo vluchtig... Wat overblijft is vaak niet genoeg voor een heel leven. Geloof je dat ik in jouw belang handel, Ginevra?'

'Ja, padre...' Ik voel wat er komen gaat.

Mijn vader kijkt me lang aan en al die tijd durf ik mijn ogen niet van de zijne los te maken.

'Goed,' zegt hij uiteindelijk. 'Zoals ik al zei zijn die paar dagen van jouw afwezigheid niemand opgevallen. Alleen de Podestà, maar die zwijgt wel. Je bent nog steeds maagd, dus je huwelijk met Francesco kan gewoon doorgaan. Wees vanaf nu weer de dochter die ik ken en van wie ik hou, dan zullen we het er niet meer over hebben.'

'En Antonio?'

Mijn vader staat op en kijkt op me neer. 'Zodra je huwelijk met Francesco voltrokken is, zal ik de aanklacht tegen Rondinelli intrekken.'

19

De liefde van een vader voor zijn dochter uit zich in de grootte van de bruidsschat. Mijn vader heeft er een bruidsschat van duizend florijnen voor over om mij in Francesco's armen te zien.

Mijn aanstaande echtgenoot is geen onaantrekkelijke man, dat scheelt. Lang, statig en met een scherp getekend gezicht maakt hij een evenwichtige indruk. Dat we elkaar nauwelijks kennen is geen enkel beletsel voor een huwelijk, dat weet ik ook wel.

'Daar hebben jullie straks een leven lang voor,' zegt mijn vader, als ik er toch een opmerking over maak.

Hij is tevreden en loopt neuriënd door het huis. De kosten van de bruiloft zijn voor zijn rekening, maar daar krijgt hij een zeer respectabele schoonfamilie voor terug. Hij mag Francesco graag – sinds de breuk met de Rondinelli's heeft hij goede banden aangeknoopt met de familie Agolanti.

'Francesco zal een goede man voor je zijn,' zegt mijn moeder. 'Hij is eerder getrouwd geweest, dus hij weet wat een huwelijk inhoudt en wat een vrouw nodig heeft.'

Ik vraag me af wat dat allemaal mag zijn, maar zeg niets terug.

Francesco komt me bezoeken, complimenteert me met mijn uiterlijk, luistert als ik op mijn luit speel en is een en al hoffelijkheid.

Mijn vader kijkt me met een dwingende glimlach aan. In gedachten zie ik Antonio de weg afleggen van de Stinche naar het galgenveld bij de Porta di Giustizia; voorafgegaan door de in zwart geklede lekenmonniken die de veroordeelde moeten bijstaan. Dus sla ik mijn ogen neer, spreek alleen als me iets gevraagd wordt en ben het toonbeeld van bescheidenheid, vriendelijkheid en gehoorzaamheid.

Op 1 september, een broeierige dag, wisselen Francesco en ik in de Loggia Neghittosa de huwelijksbeloften uit in bijzijn van de notaris en de getuigen.

Daarna schuift Francesco een trouwring aan mijn vinger.

Voor het eerst in mijn leven ben ik dankbaar voor de sluier die voor mijn gezicht hangt.

De gasten juichen, mijn ouders stralen en Francesco slaat bezitterig zijn arm om mijn middel. Een walm van het zware parfum waarmee hij zijn kleding heeft overgoten hangt om hem heen.

Zelf heb ik alleen mijn kapsel geparfumeerd met een aroma van irisbloemen, dat zich samen met een lichte rozengeur over de trappen verspreidt. Ik draag een japon van goudbrokaat, met mouwen tot aan de grond en een lange sleep. Mijn haar is opgestoken en versierd met bloemen en edelstenen.

Ik kijk naar mijn hand, waaraan de ring van mijn wettige

echtgenoot glanst. Aan mijn andere hand draag ik een wat eenvoudiger ring met een bolletje was.

Het bruiloftsfeest is één groot eetfestijn. Meteen na het officiële gedeelte wordt er langdurig getafeld in mijn ouderlijk huis. De maaltijd wordt opgevrolijkt door jongleurs die messen werpen, rondbuitelen en door hoepels springen.

Ik eet bijna niets, wat als bescheidenheid wordt opgevat en me goedkeurende blikken van de gasten oplevert. Maar met bescheidenheid heeft het niets te maken. Hoe zou ik ook maar één hap door mijn keel kunnen wurmen? Het ongelooflijke is gebeurd: ik ben getrouwd met Francesco Agolanti, en vannacht zal de duisternis de meest intieme handelingen bedekken die tussen twee mensen mogelijk zijn.

Na het banket en het feest word ik door alle gasten in processie naar mijn nieuwe huis gebracht. Het is een enorm palazzo aan de Via del Corso dat een heel blok beslaat en aan meerdere straten grenst.

Francesco blijft nog wat lachen en praten met familie en vrienden, terwijl zijn dienstbode, Nannina, mij naar boven begeleidt.

Ik dwaal door het enorme vertrek, waarvan elk stukje muur met roodbruine fresco's is versierd. Ik bekijk de fluwelen gordijnen om het hemelbed, de fraaie meubelstukken en het wandtapijt dat de muur siert. Het is allemaal afleiding, maar veel helpt het niet. Af en toe gaat er een rilling over mijn rug en ik voel me een beetje misselijk.

Achter me klinkt een zacht gerucht en ik draai me om.

Francesco staat in de deuropening. Hij zegt niets, glimlacht niet, hij kijkt alleen maar naar me.

Ik heb geen idee wat ik moet zeggen of doen, en dus zeg en doe ik niets. Afwachtend blijf ik staan.

Francesco sluit de deur achter zich, loopt naar me toe en blijft vlak voor me staan. Zijn hand gaat naar mijn gezicht, streelt mijn wang. Zijn duim glijdt over mijn lippen. Dan trekt hij me naar zich toe en kust me. Het is geen onaangename kus, rustig en zacht, maar het voelt alsof hij verboden terrein betreedt. Míjn terrein, waar ik geen enkele zeggenschap meer over heb.

Zijn hand gaat naar de sluiting van mijn japon, trekt de linten van het lijfje los. Het goudgele brokaat valt ruisend naar beneden. Hij laat zijn ogen over mijn bovenlichaam glijden en er verandert iets in zijn blik.

'Trek je kousen en schoenen uit,' zegt hij, terwijl hij zich van zijn eigen kleding ontdoet.

Ik doe wat hij zegt en probeer niet naar zijn oude lijf te kijken. Ik laat me achteroverdrukken op het bed, onderga zijn liefkozingen en stel me voor dat hij Antonio is, maar dat helpt niet. Hij ruikt een beetje en zijn handen voelen heel anders. Als hij zijn aandacht op mijn borsten richt, bekijk ik de fresco's en doe alsof ik ergens anders ben.

Het ochtendlicht onthult bloed op het laken. Bloed uit een sneetje dat ik in mijn been heb gemaakt en over de lakens heb gesmeerd toen Francesco sliep. We zullen ieder ons eigen slaapvertrek hebben, net als mijn ouders, maar vannacht hebben we samen geslapen.

Francesco glimlacht als hij uit bed stapt en het besmeurde beddengoed ziet.

'Neem straks een bad en laat de meid het bed verschonen. Ik moet aan het werk.' Hij kust me.

Hij trekt een linnen hemd over zijn hoofd, stapt in een felrode kniebroek en knoopt ten slotte een rijk geborduurd wambuis dicht.

Even later, als hij de kamer heeft verlaten, hoor ik hem Nannina, de dienstbode, opdracht geven een bad voor me te vullen.

Met de gewatteerde deken tot aan mijn kin opgetrokken wacht ik tot ze haar taak heeft vervuld. Samen met een ander meisje draagt ze de tinnen badkuip uit een aangrenzend vertrek naar de slaapkamer en vult hem met warm water.

Vanuit mijn warme bed kijk ik toe. Ik breng mijn lippen naar een ring, een andere ring dan die Francesco om mijn vinger heeft geschoven, en voel een schrijnend gemis, alsof er een lichaamsdeel geamputeerd is.

Als het bad vol is, stap ik uit bed, laat me uit mijn nachthemd helpen en zak in het warme water. Nannina neemt een linnen zakje uit de la van mijn kast en strooit heerlijk geurende kruiden in het bad.

Lange tijd blijf ik in het warme water zitten, met mijn knieën opgetrokken en mijn armen eromheen geslagen. Pas als het afkoelt kom ik eruit.

Nannina helpt me aankleden en dan zwerf ik wat door het huis.

De vertrekken zijn groot en hoog, met rode plavuizen vloeren en in iedere kamer een schouw.

Hoe meer deuren ik open, hoe meer erbij lijken te komen. Alle ruimtes zijn even fantasieloos ingericht, alsof er nooit een vrouwenhand aan te pas is gekomen. Het dringt tot me door hoe sterk de aanwezigheid van mijn moeder is in mijn ouderlijk huis, en een schreeuwend verlangen naar thuis overvalt me.

Ik zak neer in een zetel van zwaar eikenhout en staar voor me uit. Dít is nu mijn huis. Hier gaat de rest van mijn leven zich afspelen.

Is het niet beter om niet te weten wat je mist, om nooit te weten wat het leven allemaal te bieden heeft?

Nu weet ik dat wel, net zoals ik weet dat het oneindig veel wreder is om een vogel even vrij rond te laten vliegen en vervolgens weer op te sluiten, dan hem nooit uit zijn kooi te laten.

20

Mijn nieuwe status van getrouwde vrouw heeft in ieder geval één voordeel: ik heb meer bewegingsvrijheid.

Niet veel meer, daarvoor bewaakt Nannina me te goed. Ze is twee keer zo oud als ik en uiterst zwijgzaam. Haar leven bestaat uit werk en plicht en ze zal geen twee woorden zeggen als ze het er met één afkan.

Volgens mijn moeder was ze erg gehecht aan Francesco's vorige vrouw, en heeft ze nog steeds verdriet over haar dood.

Hoewel Nannina me begeleidt bij iedere stap die ik zet, kan ik gaan en staan waar ik wil. Ik heb er zo lang van gedroomd om zomaar de deur uit te kunnen lopen dat ik voor ieder wissewasje mijn mantel aantrek en de dienstbode roep.

Vooral in de namiddag, als een gouden gloed over de straten en pleinen van Fiorenza spoelt, heeft de stad een magische aantrekkingskracht op me.

Francesco is veel weg voor zaken, in Fiorenza zelf en in andere steden. In tegenstelling tot wat mijn vader mij heeft verteld, neemt hij me niet mee. Daar heb ik ook helemaal geen behoefte aan. Het liefst loop ik door de stad, uitkijkend naar Antonio.

Regelmatig breng ik mijn ouders een bezoek. Niet omdat ik ze zo graag wil zien, maar omdat Antonio daar niet ver vandaan woont en de kans bestaat dat we elkaar tegenkomen. Maar dat is nog niet één keer gebeurd. Nu ik in een andere wijk woon, bezoek ik een andere kerk en kom ik Antonio niet meer tegen tijdens de zondagsmis.

Is hij teruggekeerd naar Bologna, zonder afscheid van mij te nemen? Nee, dat zou hij nooit doen. Hij zou contact met mij zoeken, al was het maar op afstand.

Op een ochtend, als ik naast Francesco in de vaste familiebank zit en over mijn schouder kijk, zie ik Antonio de Santa Croce binnen komen.

Mijn huid begint te tintelen.

Als ik vermoed dat hij zit, kijk ik opnieuw over mijn schouder.

Zijn blik rust op me, zo liefdevol als een aanraking. Een lichte glimlach verschijnt om zijn mond.

Ik glimlach terug, en voel tegelijk vanbinnen iets losschieten. Knipperen is niet genoeg om mijn tranen tegen te houden, en dus buig ik mijn hoofd tot ik mezelf onder controle heb.

Tijdens de dienst verbied ik mezelf nog een keer naar Antonio te kijken. In plaats daarvan concentreer ik me op de preek van Fra Giovanni, die waarschuwt voor onheil en verdoemenis. Het zijn dezelfde angstaanjagende voorspellingen die ik mijn leven lang al hoor, over de dag waarop vreselijke hongersnood en ziektes zullen uitbreken, over hoe de verdorvenen zullen sterven en de boetvaardigen zullen verrijzen.

Dergelijke uitspraken kent iedereen vanbuiten, maar de laatste tijd hebben ze meer effect dan anders. Tijdens de preek is het een geruis van handen die kruisen slaan en van onrustig geschuifel met voeten.

‘Er is onheil op komst,’ zegt Francesco als we na de mis naar huis lopen.

Van achter mijn sluier kijk ik hem aan. ‘Wat voor onheil?’

‘De pest. Hij komt uit Spanje en woedt nu in Frankrijk en het Duitse Rijk.’

‘De pést?’

‘Niet bang worden. Je hebt de frater toch gehoord? De boetvaardigen hebben niets te vrezen.’

Daar ben ik niet zo zeker van. Van nonna weet ik dat de pest Fiorenza al eens eerder heeft bezocht en dat de boetvaardigen even snel stierven als de zondaars.

In de dagen erna probeer ik me af te sluiten voor de geruchten die door de stad gonzen, maar dat wordt steeds moeilijker.

De pest zou het Duitse Rijk bereikt hebben en de bevolking uitroeien. De lijken zouden verspreid over de straten en velden liggen.

Ik ben zo bang, dat Francesco een kaart over tafel uitrolt en me laat zien waar het Duitse Rijk ligt, en door welke landen de pest heen moet om Italië te bereiken. Hij wijst me op de Alpen, die ons van de ziekte scheiden. Daar zal de pest eerst nog overheen moeten, zegt hij.

Maar zo groot ziet dat gebergte er helemaal niet uit op

de kaart. In ieder geval niet groot genoeg om me gerust te stellen.

Ik heb geen slecht leven. Francesco slaat me niet vaak; alleen als ik hem tegenspreek. Dat doe ik dus niet. Eigenlijk zeg ik bijna nooit iets tegen hem. Hij heeft het niet eens in de gaten; naar zijn mening hoort een vrouw vooral te luisteren. Er zitten voorwaarden aan Francesco's liefde voor mij. Hij houdt van me zoals ik ben, zolang ik maar ben zoals hij wil.

Dat kost me niet veel moeite, zo vaak zien we elkaar niet. We delen een huis, maar geen slaapkamer en eigenlijk delen we ook geen leven.

Vanwege zijn werk is Francesco vaak op reis en ook als hij thuis is neemt de wolhandel hem volledig in beslag. Bij elke weersverandering maakt hij zich zorgen over zijn schepen, en bij de minste opstand of schermutseling in het buitenland zit hij uren in zijn kamer brieven te schrijven aan zijn compagnons in Parijs, Keulen en Brugge.

Alleen 's nachts heeft hij alle tijd voor mij.

Op een warme ochtend kom ik Vittoria tegen in de drukte op de Mercato Vecchio. Nannina loopt naar de kraam van de poelier en als ze omkijkt waar ik blijf, gebaar ik dat ik in gesprek ben.

'Je bent weer in de stad!' zeg ik, aangenaam verrast.

'Ja signora, Settignano is niets voor mij. Ik voel me niet meer thuis in dat dorp. Ik werk nu voor de familie Alberti.'

'Bij Fiammetta? Wat fijn voor je. Ik vond het zo erg dat mijn vader je ontsloeg. Ik heb je gemist.'

'Ik u ook, signora. Maar ik begrijp uw vader wel. Het was

mijn eigen schuld. Maar mijn loyaliteit lag bij u.' Ze aarzelt even en zegt dan: 'Dat is nog steeds zo.' Ze lijkt te weifelen of ze verder zal gaan.

'Wat is er?' Ik neem Vittoria bij de arm en trek haar mee in de schaduw van de Loggia del Pesce, de overdekte vismarkt.

'Is er iets wat je wilt zeggen?'

'Ja, signora. Ik zou het niet moeten doen, maar ik vind dat u het moet weten.' Vittoria friemelt aan de nestels van haar jak, doet een stap dichter naar mij toe en zegt zacht: 'Signor Rondinelli heeft nooit in de Stinche gezeten. Hij is regelrecht naar huis gebracht, in het donker, zodat niemand het zag. Uw vader wilde niet dat iemand te weten kwam dat u met signor Rondinelli was weggelopen, ook de Podestà niet. Dus hij kon hem niet gevangen laten zetten.'

Haar woorden zijn als een slag in mijn gezicht. Ik moet de betekenis ervan even tot me door laten dringen. 'Hoe weet je dat?'

'Matteo heeft het me verteld. En Matteo hoort en ziet alles, dat weet u. Ik mocht het u natuurlijk niet vertellen, maar u bent altijd goed voor mij geweest en ik vond dat u het moest weten.'

Ik ben er stil van, kan het bijna niet geloven. Antonio zat gewoon thuis. Mijn ouders hebben tegen me gelogen.

'Matteo vertelde me ook dat de rechter in ontvoeringszaken altijd de proef op de som neemt,' zegt Vittoria. 'Aan de ene kant van de rechtszaal staat de familie van het ontvoerde meisje, aan de andere kant de beklaagde jongeman. Het meisje staat in het midden. Loopt ze naar haar familie, dan veroordeelt ze de jongeman. Kiest ze voor de jongeman, dan gaat hij vrijuit. Maar in zo'n vertoning had uw vader natuurlijk geen zin.'

Nee, en dus deed hij alsof Antonio de doodstraf kon krijgen, of gegeseld en verbannen zou worden. Hij wist heel goed wat de uitkomst zou zijn als de rechter mij had laten kiezen.

'Dank je, Vittoria.' Ik leg mijn hand op haar arm. 'Het maakt nu niet meer uit, maar het is goed dat je me dit verteld hebt.'

Nannina komt aanlopen met een mand vol boodschappen. Voor ze bij ons is, heeft Vittoria afscheid genomen en loopt ze weg.

'Dat was toch uw vorige dienstmeisje?' vraagt Nannina. 'Viel ze u lastig?'

'Nee,' zeg ik, terwijl ik Vittoria nakijk. 'Integendeel.'

Nu ik toch vlak bij mijn ouderlijk huis ben, ga ik er meteen even langs. Nannina laat ik over aan de zorgen van Matteo, en onaangekondigd loop ik het woonvertrek in.

Mijn moeder zit aan tafel in haar huishoudboek te schrijven en kijkt op. Een verheugde glimlach trekt over haar gezicht. Ze staat op en kust me op beide wangen.

'Ginevra! Wat fijn dat je langskomt, lieve kind.'

'Ik wilde u even spreken,' zeg ik, zonder haar glimlach te beantwoorden.

'Natuurlijk, dit kan wachten.' Ze gaat weer zitten en schuift het boek van zich af.

Even zie ik mezelf zitten over tien, twintig jaar, achter een kasboek, spinnenwiel of borduurraam, levend in een wereld die niet groter is dan mijn huis en wijk, aan de zijde van een man die ik niet liefheb.

Met droge mond ga ik zitten.

'Madre, is het waar dat Antonio niet gevangen heeft gezeten? Dat papa hem gewoon naar huis heeft laten brengen?'

De glimlach verdwijnt van mijn moeders gezicht. Met een geïrriteerd gebaar sommeert ze de bediende, die binnenkomt om te vragen of ze iets te drinken moet inschenken, te verdwijnen.

'Hoe weet je dat?'

'Antonio's zus heeft het me verteld,' zeg ik, om Matteo en Vittoria te beschermen.

'Het was verkeerd om tegen je te liegen, maar het was voor je eigen bestwil, lieverd. Die jongen houdt er gevaarlijke ideeën op na.'

'Antonio is verstandig genoeg om die voor zich te houden.'

'Dat vraag ik me af. Hij heeft ze jou toch ook verteld? En er zijn meer mensen van op de hoogte.'

'Er zijn ook meer mensen die het met hem eens zijn. Er zullen altijd mensen zijn die een andere kijk op de dingen hebben. Waarom zou dat verkeerd zijn? Zo is de slavernij uit de Romeinse tijd ook langzaam maar zeker afgeschaft.'

'De slavernij? Wat heeft dat ermee te maken?' Mijn moeder rimpelt haar voorhoofd.

'Niets, het was maar een voorbeeld. Wat ik wil zeggen is dat er niet één waarheid is, al denken wij van wel. Omdat we niet beter weten, of niet openstaan voor iets anders.' Dat had ik allemaal niet willen zeggen, maar de woorden komen er vol overtuiging uit. Ik stop pas als ik zie hoe geschokt mijn moeder is.

'Ik hoor het al, je bent helemaal door hem beïnvloed. Nog veel sterker dan ik dacht.' Ze brengt haar hand naar haar voorhoofd, alsof ze opeens hoofdpijn krijgt. 'Ginevra, alles wat we wilden was een goed bestaan voor jou, met zekerheid en veiligheid. Dat wil jij toch ook?'

'Nee, mama,' zeg ik. 'Wat ik wil is liefhebben en léven.'

21

Antonio is de hele dag bij me. Hij is degene tot wie ik me in gedachten richt, wiens mening ik vraag en voor wie ik me mooi maak.

Tegenwoordig kom ik hem af en toe tegen. In de kerk, maar soms ook als ik met Nannina naar de markt ga. Dan staat hij daar opeens, verroert zich niet en kijkt me aan.

Meestal ben ik de eerste die de ogen neerslaat, zich omdraait en wegloopt.

Francesco verwent me. Prachtige japonnen, zilveren gordels, gespen, halskettingen, oorhangers – hij neemt van alles mee terug van zakenreizen.

Ik had liever een geschrift van Aristoteles gehad, maar ik slaag erin verheugd te kijken. Voorzichtig herinner ik mijn echtgenoot aan de weeldewet die onlangs in Fiorenza is afgekondigd, die alle opschik verbiedt.

Maar daar heeft Francesco geen enkele boodschap aan. 'Een vrouw hoort haar man te behagen,' zegt hij geërgerd. 'Welke idioot denkt dat te moeten verbieden?'

Die idioot is de bisschop, en een andere idioot is de magistraat van Fiorenza, die de naleving ervan verscherpt nu de pest in aantocht is.

Tijdens mijn wandelingen door de stad zie ik regelmatig inspecteurs de huizen binnendringen, op zoek naar verboden kleding, sieraden en hoeden.

In de kerk steekt Fra Giovanni woedende preken af. 'Om met de woorden van Bernardinus van Siena te spreken: "Ik ken vrouwen die meer hoofden hebben dan de duivel! Iedere dag verschijnen ze met een nieuw. Bekeer u, ongelukkige dochters van Eva! Maak van uw hoofd geen afgod! Keer terug tot eenvoud en nederigheid, laat God degene zijn die uw uiterlijk bepaalt."'

Het effect van die preken laat niet lang op zich wachten. Met de dreiging van de pest op de achtergrond begint Francesco te twijfelen. Op een dag, als we na de dienst naar huis lopen, zegt hij: 'Ik heb er nog eens over nagedacht, Ginevra, en misschien heeft de frater wel gelijk. Het lijkt me verstandiger als je voortaan eenvoudige linnen jurken draagt.'

Eerst wilde hij met me pronken, nu moet ik me als een boerenmeid kleden.

Maar het maakt mij niet veel uit. Ik heb er geen enkele behoefte aan om hem te behagen, en Antonio houdt van me zoals ik ben.

Mijn zwijgen wordt door Francesco verkeerd opgevat. 'Bianca hield ook erg van mooie kleding en sieraden. Maar ze was ook zeer vroom. Ze kleedde zich in het duurste brokaat en in het fijnste linnen, maar onder al die kostbare stoffen droeg ze een hemd van paardenhaar.'

'Van paardenhaar? Waarom?'

'Als boetedoening. Ze vond dat al die ijdele opschik beledigend was voor God. Alsof ze Zijn werk meende te moeten verbeteren. Ze zei altijd dat een vrouw die zoveel tijd nodig heeft om haar uiterlijk te verfraaien, geen tijd overhoudt voor haar plichten.'

'Je nam die japonnen en sieraden anders zelf voor me mee,' zeg ik.

'Dat is waar. Ik wilde je verrassen, en ik vind het zelf ook leuk als je er mooi uitziet. Maar het is natuurlijk allemaal ijdelheid. We moeten meer tijd aan gebed besteden en God niet langer tarten.'

Terwijl we de Via del Corso in lopen, kijk ik naar zijn gespannen gezicht en vraag me af of hij echt denkt dat God ons zal sparen voor de pest als ik een linnen jurk aantrek. Ik weet wel wat Antonio daarop te zeggen zou hebben, en de scherpe pijn van het gemis schiet door me heen.

Blijkbaar staat het verdriet op mijn gezicht te lezen, want Francesco zegt: 'Ik begrijp dat het moeilijk is voor jou, als vrouw, om afstand te doen van je mooie kleding en sieraden, maar het is echt nodig.'

Hij opent de deur en terwijl hij me voorlaat, merk ik op dat het toch wel jammer is van zijn nieuwe, dure puntschoenen.

Die opmerking levert me een klap in mijn gezicht op. Geen harde, maar een weloverwogen, corrigerende klap tegen mijn wang. 'Laat ik niet nog een keer merken dat je zo brutaal tegen me bent,' zegt Francesco.

Hij draait zich om, beent de hal door en verdwijnt in zijn werkkamer. Ik blijf achter, met mijn hand tegen mijn wang gedrukt.

Francesco maakt zich zorgen. Ik merk het aan de rusteloze manier waarop hij door het huis loopt, ik hoor het aan zijn stem en zie het ook, omdat hij zijn eetlust verliest. Regelmatig zit hij in somber gepeins aan tafel, zonder zijn maaltijd aan te raken. Maar het beste bewijs dat hij zichzelf niet is wordt geleverd doordat hij zijn zorgen tegen mij uit. 'De pest zaait dood en verderf in het hertogdom Oostenrijk, en in een aantal bergdorpen aan die kant van de Alpen schijnt niemand meer in leven te zijn.'

Elke keer als ik zo'n bericht hoor, trekt een ijskoude huivering over mijn ruggengraat. Aan de ene kant heb ik de neiging mij voor het nieuws af te sluiten, aan de andere wil ik precies weten wat er gebeurt.

'Wat ben je stil,' zegt Francesco tijdens de avondmaaltijd.

Normaal gesproken geeft hij mij een teken als ik te veel praat, nu zeg ik weer te weinig.

We zitten tegenover elkaar aan tafel. Er hangt een prettige geur van verkoold hout, gekruid vlees en romige pasta in het eetvertrek. Iedere avond zitten we zo bij elkaar, bespreken we op zakelijke toon de beslommeringen van het huishouden dat ik nu leid, of we zwijgen. Iedere avond staat de tafel vol met heerlijke gerechten, en iedere avond eet ik minder.

Het valt Francesco niet op; welopgevoede, rijke vrouwen horen kleine hapjes te eten. Een gezonde eetlust wijst op gulzigheid en onbeschaamdheid – geen eigenschappen om aan te moedigen.

Vanavond eet ik nog minder en breng ik mijn angst ter sprake.

'Ik begrijp dat je bang bent,' zegt Francesco. 'Iedereen is

bang, ik ook. Ik zit erover te denken om duizend florijnen te schenken voor de bouw van dat nieuwe klooster.'

'Duizend florijnen! Dat is een enorm bedrag.'

'Een vermogen, ja. Maar dat is het me wel waard.'

Ik vraag me af of God Zich laat omkopen, maar stel die vraag niet hardop. Iedereen in de stad is bezig orde op zaken te stellen, zich in te dekken, te redden wat er te redden valt.

'Wat ik zo vreemd vind, is dat de pest altijd in de zomer komt, en nooit in de winter,' zeg ik.

'Volgens *messer* Gaudio komt dat omdat Saturnus en Jupiter dan in een ongunstige positie ten opzichte van elkaar staan.'

'Wat heeft de pest met Saturnus en Jupiter te maken?'

Geduldig legt hij het me uit. 'Als de planeten niet met elkaar in evenwicht zijn is het menselijk lichaam dat ook niet en kun je ziek worden. Een gezonde levensstijl kan dat voorkomen of herstellen.' Hij neemt een slok wijn en voegt eraan toe: 'Het schijnt ook goed te zijn om veel specerijen te gebruiken, zoals kruidnagelen, kaneel en saffraan. Zeg maar tegen Nannina dat ze die ruim moet inkopen, en dat ze varkensvlees, paddenstoelen en fruit moet laten liggen. Zo kun je je maag reinigen en zal de rotte lucht van de pest niets vinden waaraan die zich kan hechten.'

'Maar als het een straf van God is, heeft dat toch allemaal geen zin?'

Francesco staart over de rand van zijn glas voor zich uit. 'Nee,' zegt hij ten slotte. 'In feite niet.'

We zitten een tijdje zwijgend tegenover elkaar en dan zegt hij: 'Ik heb vandaag een hemd van paardenhaar voor ons gekocht. Het ligt op je bed. We moeten boete doen, Ginevra. Terug naar een eenvoudig en devoot leven, in dienst van God. Bianca droeg altijd een hemd van paardenhaar.'

Dat weet ik, daar herinnert hij me bijna elke dag aan. De opmerking dat die kriebelende boetedoening zijn vorige vrouw niet erg heeft geholpen, houd ik maar voor me.

Uit verhalen weet ik dat als de pest uitbreekt mensen van het ene op het andere moment ziek worden, dat ze builtjes op hun ledematen krijgen die uitgroeien tot bulten zo groot als eieren en appels. Wie niet meteen sterft, hoest dagenlang bloed op en lijdt zoveel pijn dat de dood welkom is.

Er is geen medicijn, de artsen staan volslagen machteloos. Wie de eerste symptomen bespeurt, is zeker van een hellegang naar de dood. Jong, oud, rijk en arm, zelfs geestelijken worden niet gespaard. De pest maakt iedereen gelijk.

Maandenlang heb ik met grote onverschilligheid voor de toekomst geleefd. Er waren momenten dat ik dacht te zullen sterven van verdriet, en ik gaf daar zelfs de voorkeur aan boven een leven waarin ik uitgehold werd door verlangen en gemis.

Nu het einde in aantocht zou kunnen zijn, word ik bang. Je kunt heel onverschillig doen over de dood als die ver buiten je bereik is, maar nu, met elke nieuwe stad die door de ziekte wordt getroffen, wordt het besef dat ik wil leven steeds sterker.

22

Een tijdlang koesteren we de hoop dat de Alpen ons zullen beschermen tegen de gevreesde ziekte, maar dan worden de eerste steden aan de Italiaanse kant getroffen: Trento, Verona, Milano, Venezia – een voor een vallen ze ten prooi aan de pest, en dan begint de opmars naar het zuiden.

Er doen geruchten de ronde dat mensen sterven op straat en dat in grote delen van de steden geen levende ziel meer te vinden is.

Ik kan me er haast geen voorstelling van maken. Die verhalen moeten wel overdreven zijn, want ze zijn ondenkbaar. Maar als verhalen verslagen worden, overgebracht door vluchtelingen, en niemand ze weerspreekt, moet je ze wel geloven.

Ik ben geschokt, doodsbang, ik eet nauwelijks nog en zit het grootste deel van de dag in de Santa Croce te bidden. Hoe groot de kerk ook is, hij biedt amper genoeg plaats voor alle mensen die om bescherming komen smeken.

Op een ochtend, als Francesco mee is, raak ik hem kwijt in de drukte. Erg veel moeite om bij mijn echtgenoot in de buurt te blijven deed ik niet, want ik had Antonio in de menigte ontdekt.

Ik baan me een weg naar hem toe. Zodra hij me ziet, trekt er een uitdrukking van blijde verrassing over zijn gezicht. We gaan achter een van de brede pilaren in de zijbeuk van het schip staan en omhelzen elkaar. Onder andere omstandigheden had ik me zorgen gemaakt of iemand ons zou zien, maar nu heeft niemand aandacht voor ons.

En o, wat is het heerlijk om zijn armen weer om me heen te voelen, om zijn gezicht zo dichtbij te zien en in zijn ogen te kijken. Het liefst had ik mijn lippen op de zijne gedrukt, maar dat risico durf ik toch niet te nemen.

Met duidelijke tegenzin laat Antonio me los. Aan het zicht onttrokken door de plooien van onze ruimvallende mantels, pakt hij alleen mijn hand en houdt die stevig vast.

'Ik heb je zo gemist,' zegt hij een beetje schor.

'Ik jou ook.' Ik lach en huil tegelijk.

Hij veegt een traan van mijn wang. 'Hoe gaat het? Is Francesco een goede echtgenoot voor je?' Hij kijkt alsof hij hem anders ter plekke ter verantwoording zal roepen.

'Francesco is goed voor me, maak je geen zorgen. En hoe gaat het met jou? Waarom ben je nog steeds in Fiorenza?'

'Om mijn moeder te steunen, en om bij jou in de buurt te zijn. Al maakt dat het alleen maar moeilijker. Elke keer als ik je zie...' Hij schudt zijn hoofd en zijn ogen worden vochtig. 'Ik hou dit niet vol, Ginevra. Zolang wij elkaar blijven zien, zullen we nooit los van elkaar komen. Ik kan niet aanzien hoe jij aan de arm van je man door de stad loopt en hoe je over een tijdje zijn kind zal dragen. Je bent nu getrouwd, ik moet je loslaten.'

'Wat bedoel je?' vraag ik gealarmeerd.

'Ik ga weg uit Fiorenza, weg uit Italië. Ergens naartoe waar de pest niet komt. Er moet een plek te vinden zijn. En als ik terugkom, ga ik naar Bologna om mijn studie af te maken.'

Diep geschokt kijk ik naar hem op. 'Laat je me in de steek? Net nu de pest eraan komt?'

'Ik neem aan dat Francesco je meeneemt naar een veilige plek.'

'Nee, we blijven hier. Francesco heeft een donatie gedaan aan een klooster en zegt dat we op God moeten vertrouwen.'

Antonio haalt diep adem. 'Zegt hij dat? Nou, ik vertrouw liever op mezelf. Je kunt hier niet blijven, Ginevra. Ga met mij mee, dan zal íkje naar een veilige plek brengen.'

'Dat kan toch niet...'

'Omdat je getrouwd bent? Je man hoort voor je te zorgen en je te beschermen, en niet af te wachten of je de pest krijgt. Als ik je man was...'

We staren elkaar aan.

'Ik kan niet met je mee,' zeg ik zacht. 'Dat begrijp je toch wel? Toen we samen wegliepen heb ik God een belofte gedaan, en...'

'Wat voor belofte?'

'Dat ik me bij Zijn wil zou neerleggen. Blijkbaar is dit Zijn wil. Ik kan niet een tweede keer met je weglopen, ik ben getrouwd.'

Er verschijnt een radeloze uitdrukking op Antonio's gezicht. 'Als je blijft, ga je misschien dood.'

'Als ik met jou meega misschien ook. Het heeft gewoon niet zo mogen zijn.'

Het kan me niet schelen of iemand het ziet, ik begin te huilen. Antonio trekt me tegen zich aan en slaat zijn mantel om me heen.

'Maar jij moet wel gaan,' zeg ik. 'Vergeet wat ik net zei, ik wil dat je Fiorenza verlaat. Zorg dat je uit de buurt blijft van de pest, en kom terug als het voorbij is.'

Antonio zegt niets. Ik voel zijn vertwijfeling en maak daar gebruik van. 'Echt, ik wil het. Ik zou het niet kunnen verdragen als jij zou sterven om mij.'

'Alsof mijn leven nog zoveel waard is.'

'Zeg dat niet. Natuurlijk is je leven wat waard. Op een dag...' Ik zwijg, want uit mijn ooghoek zie ik Francesco lopen. Zoals hij rondkijkt is het duidelijk dat hij me zoekt.

'Ik moet gaan,' zeg ik gejaagd. 'Wat ga je doen?'

Antonio heeft mijn blik gevolgd en samen houden we Francesco in de gaten.

'Ik blijf hier,' zegt hij. 'Zorg goed voor jezelf, bella.'

Heel even voel ik de warmte van zijn lippen op de mijne, dan laat hij me los en verdwijnt in de menigte.

De pest is in San Gimignano gearriveerd, Fiorenza lijkt het volgende slachtoffer te worden.

In een laatste poging om het onheil af te wenden trekt een processie van boetelingen door de stad. Van achter het venster kijk ik naar de flagellanten, helemaal in het wit gekleed, die door de Via dei Calzaiuoli lopen terwijl ze zichzelf op de rug slaan met zwepen.

Het zijn mannen, vrouwen, en zelfs kinderen, van alle standen en leeftijden. De stof op hun rug is aan flarden, het bloed loopt langs hun benen naar beneden.

Met crucifixen boven hun hoofd geheven, zingen ze hymnen en roepen tussendoor omstanders op hun voorbeeld te volgen. De stoet is lang.

Ik kijk tot de laatste boetelingen voorbij zijn getrokken en richt daarna mijn blik op het plaveisel, waar rode sporen en voetstappen op achterblijven.

Die middag beginnen de noodklokken te beieren.

23

Angst verlamt en ontregelt. Het doet je lichaam verstijven en je hoofd op hol slaan.

Ik word ziek, lig een groot deel van de dag rillend en koortsig in bed. De arts komt en zegt dat het *angere* is. Ik vraag wat dat betekent, en hij legt uit dat het Latijn is en 'benauwen' betekent. Zo voelt het inderdaad: alsof een zwaar gewicht op me rust dat me steeds benauwder maakt.

Inmiddels zijn de eerste doden in Fiorenza gevallen, in de Stinche. Toen de lichamen werden gevonden, bleken ze te zijn overdekt met gezwellen vol pus en waren ze besmeurd met zwarte uitwerpselen.

Nu verspreidt de ziekte zich snel over de stad.

Onophoudelijk galmen de doodsklokken boven de daken, de piazza's en de nauwe straatjes. Negen slagen voor een man, drie voor een vrouw en één voor een kind. De vreselijkste details, over builen en opgezwollen tongen, gaan rond.

Totale paniek breekt uit. De stad en het omliggende platteland organiseren dagelijks processies, die de hele dag in beslag nemen. De helft van de stad slaat op de vlucht.

Dat zou ik ook graag willen, maar Francesco is er niet toe te bewegen.

En dus ga ik zoveel mogelijk naar de kerk en bid, bid en bid.

Fra Giovanni doet niet anders dan donderpreken afsteken. 'Dochters van Eva! Gods oordeel werkt nog steeds door over jullie. Jullie zijn schuldig! Jullie zijn de invalspoort van de duivel. Jullie hebben het zegel van de boom geschonden. Jullie hebben het eerste goddelijke gebod genegeerd. Jullie zijn het ook die alle moeite deden hem, de man, over te halen, toen de duivel niet bij machte was hem aan te vallen. Door jullie ongehoorzaamheid moest zelfs de Zoon van God sterven. Is het niet genoeg geweest? Kunnen jullie werkelijk niet tot inkeer komen? Is het zo moeilijk om de verleiding het hoofd te bieden, uw opschik neer te leggen en de vernietiging van deze wereld te voorkomen?'

Het is doodstil onder de kerkgangers. Vooral de vrouwen durven nauwelijks het hoofd op te richten, laat staan een geluid te maken.

Zodra de eerste doden in de Via del Corso en de Via dei Calzaiuoli vallen, ontsla ik de meiden. Ze zijn me te onvoorzichtig, willen steeds naar hun familie en vrienden toe.

Nannina protesteert omdat zij nu al het werk alleen moet doen, maar ik ben onverbiddelijk. In één moeite door geef ik haar de keuze: hier blijven en zo min mogelijk buitenkomen, of naar haar familie gaan en daar blijven.

'Dan blijf ik liever hier, signora,' zegt ze. 'Ik ken signor Francesco al bijna heel mijn leven. Ik kan hem niet in de steek laten.'

Dat ze niet veel familie heeft die zich om haar wil bekommeren zal bij haar beslissing ook wel een rol spelen.

'Ga alleen de straat op als het niet anders kan. Laat voedsel en wijn bij de deur afleveren en hou afstand van de bezorger. Zorg dat je hem nooit aanraakt. We weten niet hoe de ziekte zich verspreidt, maar het kan nooit goed zijn om lichamelijk contact te hebben,' zeg ik.

'Ik hoorde messer Gaudio zeggen dat het de geur is, signora. Ziekte en dood zorgen voor een bedorven uitwaseming die anderen besmet zodra ze haar inademen.'

'Daarom moet je in huis blijven en anders zoveel mogelijk afstand houden. Hoe staat het met de voorraden in de kelder?'

'We hebben genoeg voedsel, signora. Ik heb de laatste twee weken extra ingekocht.'

'Heel goed. Dan redden we ons voorlopig wel. Als we niet buitenkomen, kunnen we ook niet besmet raken.'

Meer mensen trekken zich terug in hun huizen. Eén blik uit het venster is genoeg om te zien dat het lang niet meer zo druk is op straat. Normaal gesproken is het een geschreeuw en geruzie van jewelste als twee karren elkaar willen passeren of als een ruiter een uitstalling omverrijdt. Nu heeft iedereen de ruimte. De uitstallingen zijn naar binnen gehaald, de mensen haasten zich over straat. Wie buiten niets te zoeken heeft, blijft binnen.

Ondanks alle voorzorgsmaatregelen ben ik er niet gerust op. Ik stel keer op keer voor te vluchten, maar Francesco wil niet.

'We leggen ons lot in Gods handen,' zegt hij. 'Zolang je

veel bidt en dag en nacht je hemd draagt, kan je niets gebeuren.'

Van angst, maar ook vanwege het kriebelende hemd, doe ik 's nachts geen oog dicht. Overdag durf ik niet weg te dommelen; dat schijnt gevaarlijk te zijn. Het gebruik van olijfolie wordt streng afgeraden, net als het eten van pluimvee. Jezelf wassen met urine moet een krachtig middel tegen de pest zijn, nog beter is het om urine te drinken.

De volgende dag wordt dit alles weer tegengesproken, zodat je er compleet radeloos van wordt.

Ik luister nergens meer naar. Volgens mij weet niemand precies wat te doen, anders zou de pest niet zoveel slachtoffers maken. Er is geen bescherming, er is geen geneesmiddel. Het enige wat je kunt doen, is zorgen dat de kans op besmetting zo klein mogelijk is.

24

De volgende dag komt Nannina me waarschuwen dat Francesco zich niet goed voelt.

Ik zit bij het venster naar buiten te kijken, waar de herfstzon schijnt alsof er niets aan de hand is. Alsof niet steeds meer mensen een stuk wit linnen aan hun schouder hebben gespeld of aan hun gordel hebben bevestigd, ten teken dat ze met een pestslachtoffer in aanraking zijn geweest. Alsof het sinistere gegalm van de doodsklokken niet iedereen de stuipen op het lijf jaagt.

Het onophoudelijke klokgelui heeft me zo verdoofd dat Nannina's woorden nauwelijks tot me doordringen. Wezenloos kijk ik haar aan. 'Wat zei je?'

'Signor Francesco is ziek, signora. Hij vraagt naar u.'

Ongerust sta ik op. 'Wat heeft hij?'

'De meester heeft koorts en pijn.'

We kijken elkaar aan.

'Heeft hij builen?'

'Dat weet ik niet, signora. Zal ik messer Gaudio waarschuwen?'

'Ja,' zeg ik. 'Ga nu, en kom meteen terug. Blijf niet langer op straat dan nodig is en praat met niemand. Alleen met messer Gaudio.'

'Goed, signora.'

Nannina's voetstappen verwijderen zich. Ik blijf in het woonvertrek achter, vouw mijn handen. Dan haal ik diep adem, loop naar de hal en ga de trap op.

Ik moet veel overwinnen om het slaapvertrek van mijn man binnen te stappen. Francesco ligt zwetend onder een laken. Zijn gezicht is vuurrood, zijn ogen zijn wijd opengesperd en hij ademt met horten en stoten. Desondanks weet hij een glimlach op zijn gezicht te krijgen als hij mij ziet.

'Ginevra...' Hij steekt zijn hand naar me uit, maar ik doe alsof ik het niet zie. Vervuld van zowel medeleven als angst blijf ik op veilige afstand staan.

De heelmeester, messer Gaudio, komt. Gekleed in een met hermelijn afgezet zwart gewaad met scharlakenrode boorden staat hij in ons slaapvertrek. Nannina heeft Francesco's urine opgevangen in een po en in een glazen flesje overgegoten. De heelmeester houdt het tegen het licht, bekijkt het en ruikt eraan.

Hij slaat het laken dat Francesco's lichaam bedekt weg en daar is de buil. Zo groot als een ei, hard en met een blauwpaarse glans. De huid eroverheen staat strak van de spanning.

Ik sla mijn hand voor mijn mond, achter me slaakt Nannina een kreet.

De heelmeester strijkt erover met een linnen doekje en Francesco schreeuwt het uit.

'Ik ga die buil opensnijden,' zegt Gaudio tegen mij. 'Iemand moet signor Agolanti in bedwang houden.'

Tegelijk doen Nannina en ik een stap naar achteren.

Messer Gaudio kijkt ons beurtelings aan en maakt een gebaar van berusting. 'Goed,' zegt hij. 'Als ik het snel doe, lukt het me ook wel alleen.'

Hij haalt een scalpel uit zijn tas, buigt zich over Francesco heen en snijdt met een vlugge beweging de pestbuil open.

Francesco schreeuwt. Eén eindeloze, langgerekte schreeuw die uit het diepst van zijn ziel lijkt te komen. De pijn die erin ligt maakt me ijskoud.

Uit de buil stroomt etter, die een weerzinwekkende stank met zich meebrengt. Ik druk het uiteinde van mijn halsdoek tegen mijn neus en wend mijn gezicht af.

Messer Gaudio veegt de pus weg, ontsmet de wond en brengt er een zalf op aan. Intussen ligt Francesco te brullen van de pijn. Ik zou hem wel willen troosten, maar mijn angst en ontzetting zijn te groot.

Hoe kan het dat Francesco besmet is geraakt, na al die voorzorgsmaatregelen? Waarom eist God zijn leven op? Een vreselijke gedachte komt in me op. Ik druk hem snel weg.

Messer Gaudio pakt zijn tas in en maakt aanstalten om te vertrekken. 'De kwade lichaamssappen hebben het lichaam van uw echtgenoot verlaten. Rust en gebeden moeten nu de rest doen.'

Ik loop met hem mee naar de hal, Nannina volgt op gepaste afstand.

'Is er een kans dat hij geneest, messer? U zegt dat de kwade lichaamssappen verdwenen zijn, betekent dat dat hij beter kan worden?' vraag ik.

‘Er is altijd een kans, signora. Of we leven of doodgaan is in Gods handen. Niet iedereen sterft aan de pest, ik ken mensen die het hebben overleefd. Maar meestal zijn dat jonge mensen.’

Francesco is niet jong, maar wel sterk. Sinds we getrouwd zijn heb ik hem nooit ziek gezien, nog niet eens verkouden. In tegenstelling tot veel mannen van zijn leeftijd heeft hij al zijn tanden nog, loopt hij met rechte rug en klaagt hij nooit over pijntjes. Maar de pest overleven...

Ik sla een kruis.

‘Doe dat, signora,’ zegt Gaudio ernstig. ‘Richt u tot Hem. Misschien dat gebeden uw man kunnen redden.’

‘En wij, messer?’ Nannina’s stem klinkt hoog. ‘Krijgen wij het nu ook?’

Gaudio draait zich naar haar toe. ‘Bid ook voor uzelf,’ zegt hij en dan vertrekt hij.

Binnenkort zou ik weer vrij kunnen zijn.

Ik bid de hele middag, smeek om vergeving voor mijn egoïsme. Wens ik werkelijk de dood van mijn man?

‘Nee,’ fluister ik, terwijl ik een kruis sla. ‘Niet zo. Niet op deze manier.’

De volgende dag is Francesco’s toestand verergerd. In zijn kamer hangt de stank van dood en verrotting. Onder een dun laken ligt hij te klapperen van de koorts. Hij heeft voortdurend dorst, zijn mond zit onder de zweren, zijn tanden zijn bedekt met gestold bloed en zijn gezicht is verwrongen van pijn. Als ik aan zijn bed kom staan, lijkt hij me niet te herkennen.

‘Mijn God,’ fluister ik.

Nannina staat achter mij met een kom water. 'Het is een straf van God,' zegt ze met bevende stem. 'Fra Giovanni zegt het zelf.'

Ik reageer niet op haar woorden, al valt er veel op te zeggen. Want wat heeft Francesco gedaan dat hij zo vreselijk gestraft moet worden? Waarom word ík niet gestraft?

Ik sta machteloos tegenover zijn leed, maar om toch iets te kunnen doen, bevochtig ik, zonder hem direct aan te raken, zijn voorhoofd met een natte doek.

'De frater zegt dat we allemaal aan de beurt komen, signora,' zegt Nannina half huilend. 'We zullen allemaal sterven, een voor een. Weet u hoeveel doden er al in Fiorenza zijn?'

'Hou je mond,' zeg ik. 'Ik wil het niet weten.'

'Er worden witte P's op de deuren geschilderd. Toen ik messer Gaudio haalde zag ik ze overal. Er sterven zelfs mensen op straat.'

'Ik zei: "Hou je mond!"'

'Het spijt me, signora.' Nannina loopt de kamer uit.

Ik kijk naar Francesco. Naar zijn armen, die overdekt zijn met paarsblauwe vlekjes van onderhuidse bloeduitstortingen. Naar zijn ingevallen gezicht en de opgezwollen tong die een stukje uit zijn mond hangt.

Na urenlang te hebben gewoeld en gekreund, ligt hij nu heel stil. Te stil.

Ik til het laken op en kijk naar zijn borst. Ademt hij nog?

Even twijfel ik, dan zie ik zijn borstkas licht op en neer gaan.

Mijn blik glijdt met een mengeling van fascinatie en afschuw naar de buil. Rond de incisie is de huid paars- en zwartgevlekt, maar de buil is wel geslonken. Uit de wond loopt waterige afscheiding.

Ik weet niet of dat een goed of een kwaad teken is, maar het ziet er minder bedreigend uit dan de stroom etter die eerder vrijkwam.

Een zacht gerucht bereikt mijn oor, een woord, niet meer dan een fluistering. 'Ginevra...'

Francesco's hand komt los van het matras, beweegt in mijn richting.

Ik doe een stapje opzij, net buiten zijn bereik. 'Het komt goed,' zeg ik zacht. 'De buil wordt kleiner. Je overleeft het wel.'

Zijn mond vertrekt tot een grimas, alsof hij probeert te glimlachen. Met gesloten ogen haalt hij raspend adem. Als hij ze opent, veeg ik net mijn tranen weg, en ik dwing mezelf tot een glimlach.

25

De onzekerheid over het lot van mijn ouders en Antonio vreet aan me. Mijn ouders zitten in ieder geval nog veel binnen, maar Antonio gaat elke dag de straat op om mij te zien. Dat zou hij niet moeten doen. Hij meldt zich voor mijn venster, iedere middag op hetzelfde uur. Iedere dag verschijnt er opluchting op zijn gezicht als hij me ziet. Ik weet niet wat ik zal doen als hij daar op een dag niet meer staat.

Het liefst zou ik naar mijn ouders toe gaan, al was het alleen maar om te kijken of er een P op hun deur staat. Maar ik doe het niet.

Op van de zenuwen dwaal ik door het grote, sombere huis. Mijn grootste angst is dat Antonio zal sterven terwijl ik in leven blijf.

Een leven lang tussen deze muren, zonder de hoop op enige levensvreugde, met voortdurend dat knagende gevoel in mijn hart...

Op een dag staat Antonio weer in de Via del Corso en kijkt op naar mijn venster.

Ik ren de trap af. Als ik heel zachtjes doe, hoeft niemand iets te merken.

Voorzichtig trek ik de zware voordeur open en vlieg Antonio om de hals.

'Is alles goed met je?' vraagt hij.

'Tot nu toe wel. Maar je moet niet meer komen. Het is te gevaarlijk.'

'Ik zorg ervoor dat ik met niemand in contact kom.'

'Maar die giftige dampen dan?'

'Ik denk niet dat er zulke dampen zijn. Anders waren we allemaal allang dood.'

Achter in het huis klinken voetstappen, en ik werp een blik over mijn schouder. 'Je moet gaan.'

Antonio knikt en zegt: 'Pas goed op jezelf.'

Hij werpt me een kushand toe en loopt weg. Zachtjes sluit ik de voordeur en haast me naar het woonvertrek.

Ik kijk naar het fresco van twee geliefden op de muur, en voor het eerst sinds lange tijd glimlach ik.

Fiorenza sterft. De kerken ruiken naar pus en verrotting door de geopende vloeren waar onophoudelijk nieuwe lijken in de grafkelders worden bijgezet. Voor de armen worden massagraven buiten de stad gegraven, en bepaalde delen van de Arno worden gewijd, zodat men de lichamen in de rivier kwijt kan.

Pestdragers, gekleed in lange zwarte gewaden, lopen door de straten. Hun gezichten zijn bedekt met snavelachtige maskers waarin beschermende kruiden zitten tegen de stank en de besmettelijke dampen. Als grote kraaien lopen ze door de straat, hun snavels overal naar binnen stekend.

Eerst gingen ze alleen de huizen binnen waar een P op de deur geschilderd stond, maar die staan er zo langzamerhand overal. Volgens de laatste voorschriften moeten overledenen in een laken gewikkeld voor de deur gelegd worden. Twee keer per dag komen de pestdragers de lijken met karren ophalen. Ze laten een spoor van donkere urine en stinkend bloed achter.

De lijken worden naar het gebouw van de Misericordia gebracht, de broederschap die de stervenden bijstaat en de doden begraaft. Ons palazzo grenst aan hun gebouw, dus ik zie de karren voortdurend voorbijkomen.

De macabere stoet went niet. Mensen die zomaar opeens in elkaar zakken en op straat blijven liggen, hun lichaam overdekt met zwarte builen, evenmin.

Voorbijgangers lopen met een boog om de stervenden heen, zelfs straathonden wagen zich niet in hun buurt. Veel honden zijn er trouwens niet meer, de dieren sterven net zo snel als de mensen.

De stank van pus en bloed dringt het huis binnen. Ik houd zoveel mogelijk een geurbol onder mijn neus en laat de luiken dicht.

Vittoria is dood. Een paar uur nadat de eerste symptomen verschenen, schijnt ze te zijn gestorven, tegelijk met een paar leden van de familie Alberti. Ik hoor het nieuws als mensen elkaar spreken in de Via dei Calzaiuoli en hun stemmen het huis binnenkomen.

Fiammetta, haar vader en broer Massimo zijn ook dood.

Ik huil om hen. Als ik Vittoria niet bij mijn geheime ontmoetingen met Antonio betrokken had, zou ze nog bij mijn ouders in dienst zijn geweest en waarschijnlijk nog leven.

Wat Fiammetta betreft, onze vriendschap was al een tijdje voorbij, maar het is evengoed onvoorstelbaar dat ik haar nooit meer zal zien. Tegelijk besef ik dat Antonio's geheim nu veilig is, en voel ik me schuldig dat ik dat voordeel zo snel zie.

Nog meer slechte berichten bereiken me, over kennissen, familie en vrienden. Maar er zijn ook mensen die helemaal niet ziek worden, en sommige zieken genezen.

Francesco's koorts daalt en zijn buil wordt steeds kleiner.

'Ik zou wel wat soep lusten,' zegt hij op een dag. Hij zit rechtop in de kussens. Zijn toch al zo smalle gezicht is schrikbarend ingevallen, maar er zit weer kleur op zijn wangen en dat hij wat eetlust heeft is een goed teken.

'Je ziet er een stuk beter uit,' zeg ik, niet zonder verbazing, als ik hem soep breng.

'Ik voel me ook een stuk beter.' Hij legt zijn hand tegen mijn wang. 'Dankzij jouw liefdevolle zorgen.'

Ik glimlach alleen maar. Alles wat ik gedaan heb was eten en drinken binnen handbereik zetten, verder bleef ik zo ver mogelijk uit zijn buurt. Nannina was degene die hem echt verzorgde.

'Je bent erg vermagerd. Probeer zo nog wat te slapen.'

Hij knikt, eet langzaam zijn soep en kijkt mij onderzoekend aan.

'Je bent zelf ook mager geworden, en je ziet bleek. Voel je je wel goed?'

'Vittoria is dood,' zeg ik.

'Wie?'

'Vittoria, mijn vorige dienstmeisje. En Fiammetta ook.'

'Ik schrok al,' zegt hij. 'Ik dacht dat er iets met je ouders was.'

‘Nee, die zijn gezond, voor zover ik weet. We hadden beter weg kunnen gaan, Francesco, dan was je niet ziek geworden.’

Francesco lepelt zijn soep naar binnen en haalt zijn schouders op. ‘Je kunt voor de pest weglopen, maar niet voor God. Hij heeft ons gespaard. Die donatie voor het klooster was een goed idee. Je draagt je hemd toch nog wel?’

Ik draag dat ellendige ding al dagen niet meer, maar dat hoeft hij niet te weten. ‘Natuurlijk,’ zeg ik.

Het begint met keelpijn. ’s Morgens sta ik ermee op, na een rusteloze nacht. Ik sla een kamerjas om, steek mijn voeten in een paar trippen en ga op zoek naar Nannina.

Ze staat in de keuken het vuur aan te wakkeren met een blaasbalg. ‘Goedemorgen, signora,’ zegt ze, met een blik opzij.

‘Goedemorgen.’ Mijn stem klinkt hees. ‘Ik heb last van mijn keel. Heb je daar iets voor?’

Ze richt zich op en kijkt me oplettend aan. ‘Ik kan een verzachtende honingdrank maken. Hebt u koorts?’

‘Ik weet het niet.’ Ik voel aan mijn voorhoofd. ‘Nee, volgens mij niet.’

‘Pijn?’

‘Mijn hals is wat opgezet, maar dat lijkt me normaal met keelpijn.’

‘Gaat u voor de zekerheid maar terug naar bed. Ik kom zo bij u met een drankje en iets te eten.’

‘Ik heb niet zoveel trek.’

‘U moet eten,’ zegt Nannina beslist. ‘Wie niet eet verzwakt, en dat kunnen we niet hebben. Kruip lekker onder de dekens, signora.’

Dat is eigenlijk wel een goed idee. Ik loop de hal in en ga de trap op. Halverwege overvalt me een duizeling. Snel pak ik het touw langs de muur vast en wacht tot de wereld weer tot stilstand komt. Voorzichtig loop ik verder. Ik blijf steun zoeken en dat is maar goed ook, want boven gekomen begint alles opnieuw te draaien.

Voetje voor voetje bereik ik mijn slaapkamer en ik ben blij als ik in bed lig. Mijn hand glijdt naar mijn hals, voelt aan de verdikte klieren, zoekt naar knobbels. Hoe voelt een beginnende pestbuil? Net zo klein als de bobbeltjes die ik bespeur?

Ik houd mezelf voor dat ik geen overhaaste conclusies moet trekken. Niet alles wat je mankeert is meteen de pest.

Vóór de ziekte uitbrak sliep ik al slecht, had ik weinig eetlust en was ik ook weleens duizelig. Ik moet gewoon beter voor mezelf zorgen. Nannina heeft gelijk, wie niet eet verzwakt. Ik zal straks vragen of ze soep voor me wil maken.

De deur gaat open en Francesco komt binnen. Hij is dus weer op. Na twee stappen blijft hij staan.

'Nannina zei dat je ziek bent.'

'Een beetje keelpijn. Niets bijzonders.'

Hij fronst zijn wenkbrauwen en loopt naar het bed. Nog steeds op gepaste afstand kijkt hij op me neer en een ongeruste trek glijdt over zijn gezicht. 'Je hebt toch geen builen?'

'Nee, alleen keelpijn. Nannina brengt zo een honingdrankje. Wil je vragen of ze ook soep wil maken?'

Francesco knikt. Hij maakt een beweging alsof hij me een kus wil geven, maar hij bedenkt zich en doet een stap naar achteren.

We kijken elkaar aan.

'Ze zeggen dat je de pest maar één keer kunt krijgen,' zeg ik zacht. 'Als je het overleeft, ben je daarna veilig.'

'Ja, dat heb ik ook gehoord.' Hij aarzelt, maar komt niet dichterbij. 'Als er iets verandert, laat het me dan weten, Ginevra. Onmiddellijk.'

Ik knik.

Hij glimlacht bemoedigend naar me, draait zich om en verlaat de kamer.

26

In de loop van de dag word ik steeds zieker. Nannina loopt voortdurend in en uit, en als Francesco komt kijken, hoor ik haar zeggen dat messer Gaudio moet komen.

Daarna val ik in slaap. Als ik wakker word, heb ik hoge koorts. Mijn lichaam gloeit en elke spier in mijn lichaam doet zeer.

Ik wil Francesco roepen, maar er komt geen geluid uit mijn uitgedroogde keel. Alleen een verstikt gerasp.

Zo ziek ben ik nog nooit geweest. Trillend glijdt mijn hand over mijn lichaam. Vooral mijn liezen tast ik zorgvuldig af. Ik druk op mijn huid, onderzoek iedere verdikking, maar ik kan niets bijzonders ontdekken. Geen builen. Misschien zitten ze dieper, sluipend, heimelijk groeiend. Ze kunnen ook in mijn keel zitten, dat zou die brandende pijn verklaren. Kan de pest beginnen in je keel?

Ik sluimer weer in en word kokendheet wakker. Het is helemaal donker. De klokken zwijgen – het is onheilspellend stil.

Angstig richt ik me iets op en tast in de dikke duisternis om me heen. Ik voel de spijlen van mijn bed, het fluwelen gordijn. Gerustgesteld zak ik terug in het kussen.

Buiten komt de nachtwaker voorbij met de boodschap dat het drie uur in de ochtend is.

Langzaam wennen mijn ogen aan de duisternis. De nacht geeft stukje bij beetje de contouren van de kasten en de stookplaats prijs. De grijze objecten bieden wat houvast, maar niet veel.

Mijn keel is dik en opgezwollen. Slikken is een kwelling en dus spuw ik mijn speeksel uit op de biezenmat op de vloer.

'Antonio,' fluister ik.

Ik vind het niet erg om dood te gaan als ik hem nog maar een keer kon zien. Als ik zijn stem nog maar een keer kon horen, zijn armen om me heen kon voelen. De ergste pijn zit 'm in de zekerheid dat dat niet gaat gebeuren.

'Ginevra...'

Een zachte, bezorgde stem klinkt bij mijn oor.

Ik probeer mijn ogen te openen, maar de hoofdpijn is te hevig. Het minste spleetje licht dat tussen mijn oogleden door sijpelt, veroorzaakt felle steken.

'Ginevra, hoor je me?'

Het is mijn moeder. Ik wil wel antwoorden, maar ik moet elk woord afzonderlijk ergens uit de diepte vandaan halen. Dat kost te veel kracht.

Ze blijft tegen me praten. Het is me volstrekt onduidelijk wat ze te vertellen heeft. De woorden rijgen zich aaneen tot zinnen die me amper bereiken.

Ik doe geen moeite om te reageren; ik ben totaal uitgeput. Mijn ledematen beven onophoudelijk, rillingen lopen over mijn huid.

Geuren en herinneringen drijven door mijn hoofd, terwijl duisternis en licht elkaar afwisselen, steeds sneller, alsof ik terugglijd in de tijd.

Opeens zie ik nonna. Ze loopt door mijn kamer zonder mij op te merken.

Ik roep haar, maar ze hoort me niet en dan stel ik me er maar tevreden mee naar haar te kijken. Even onverwacht als ze gekomen is, verdwijnt ze ook weer en daarna lig ik niet in bed maar sta ik in de Santa Maria Novella.

Twee kinderen rennen om de pilaren, verstoppen zich lachend voor elkaar. Daarna zitten ze naast elkaar in de kerkbank, met hun hoofden dicht bij elkaar terwijl ze fluisteren en zachtjes lachen.

Ik zet het beeld stil en kijk er eindeloos naar. Ja, zo was het. Zo is het altijd geweest. Waarom zie ik Antonio? Is hij dood?

Berustend sluit ik mijn ogen. Als Antonio gestorven is, hecht ik geen waarde meer aan het leven.

Ik ben zo moe. Een vreemde zwaarte trekt me omlaag, steeds verder en sneller. Iedere schok die door mijn lichaam gaat doet pijn, iedere snik kost kracht.

Gefolterd door koortsgolven lig ik op mijn rug en staar naar boven. Maar opeens heb ik er geen last meer van. Het wordt licht om me heen, en de pijn verdwijnt. Ik glimlach als ik zie waar ik ben: in een berghut, hoog in de Apennijnen, in Antonio's armen.

Er staan mensen om mijn bed. Ik kan ze niet van elkaar onderscheiden en herken hun stemmen niet. In een dichte mist staan ze naast elkaar en kijken op mij neer.

Olie op mijn borst, op mijn handpalmen.

'*Gloriam tuam et lux perpetua luceat eis. Misere nobis.*'

De stem is me onbekend, maar de woorden niet. Met gesloten ogen luister ik ernaar en ik herken ze. Het is de mis voor de doden. Ik word met het laatste oliesel, het Sacrament der Stervenden, bediend. Aangenaam koele vingers tekenen een kruisje op mijn voorhoofd.

'Rust zacht, Ginevra Agolanti.'

27

Het eerste waarvan ik me bewust word, is de stank. Die golft om me heen en overweldigt me elke keer als ik ademhaal.

Ik sla mijn ogen open. Het is donker en er ligt iets over mijn gezicht. Een doek. Ik wil mijn hand naar mijn gezicht brengen om hem weg te trekken, maar ontdek dat mijn polsen kruislings aan elkaar vastgebonden zijn.

Wat is er aan de hand? Waar ben ik? Het laatste wat ik me herinner zijn de woorden van de geestelijke. Het heilig oliesel.

Ben ik dood? Waarom doet dan elke spier in mijn lichaam zeer en bonst mijn hoofd zo pijnlijk?

Ik probeer mijn handen los te rukken, maar het koord zit stevig vast. Als ik mijn benen wil optrekken, merk ik dat ook mijn voeten vastgebonden zijn. Angst spoelt als een vloedgolf over me heen, en ik ga sneller ademen.

Ik roep mijn moeder, Francesco, Nannina. Niemand antwoordt.

Nogmaals roep ik, maar het blijft doodstil om me heen.

Nu word ik echt bang. Ze denken dat ik dood ben, ze hebben me bediend en vastgebonden. Dat gebeurt alleen als je gestorven bent, om te voorkomen dat je ziel gaat spoken.

Maar ik lig onder een laken, wat betekent dat ze me nog niet weggebracht hebben. Waarom lig ik dan zo hard, en waarom is het hier zo koud? En waar komt die verschrikkelijke stank vandaan? Misschien van mijn lichaam, misschien heb ik de pest.

Ook al is mijn mond droog en doet mijn keel zeer, ik roep zo hard ik kan om hulp. Het laken wordt vochtig door mijn snelle ademhaling en plakt aan mijn lippen.

Het moet nacht zijn, daarom is er niemand bij me. Ze denken dat ik dood ben en straks, als het ochtend is, zullen ze me begraven.

Het kan nog uren duren voor er iemand komt, en ik heb het zo koud dat ik van onder tot boven tril. Opnieuw probeer ik mijn polsen los te trekken, met ferme rukken, net zo lang tot er wat speling ontstaat. Uiteindelijk kan ik met veel moeite één hand vrijmaken en het koord afdoen. Meteen trek ik het laken van mijn gezicht. Even ben ik overweldigd door de golf van stank die op me afkomt, dan kom ik overeind. Direct stoot ik mijn hoofd. Door de klap val ik terug en duizelt het me even.

Niet-begrijpend kijk ik omhoog, maar ik zie niet veel. Ik steek mijn hand uit en voel steen. Boven me en naast me. Alleen rechts is ruimte. Het lijkt wel alsof ik in een nis lig.

Ik kijk opzij terwijl mijn ogen aan de duisternis wennen. Het is niet helemaal donker: achterin valt een zwak licht naar binnen. Alleen in mijn directe omgeving kan ik bijna niets onderscheiden.

Voorzichtig schuif ik naar rechts, trek mijn benen op en

maak het koord om mijn enkels los. Eenmaal uit de nis kijk ik om me heen. Het lijkt wel een soort kelder. Heeft Francesco me daar gelegd omdat hij bang is voor mijn dode lichaam?

Maar het is niet onze eigen kelder, die is veel kleiner. Deze ruimte lijkt meer op een onderaards gewelf.

Een angstig vermoeden rijst in me op, en op de tast beweeg ik me naar het voorste deel, waar het wat lichter is. Daar aangekomen struikel ik over een traptrede. Ik breek mijn val met mijn handen en kijk omhoog.

Boven me is een grote deksteen zichtbaar die de doorgang afsluit. Door een smalle opening valt wat licht naar binnen.

Ik strompel de trap op en kijk door de opening. Naast de deksteen staat een blaker met een kaars, en een tondeldoos. Ik steek mijn arm door de opening, kan er net bij. Voorzichtig trek ik de voorwerpen door de spleet heen.

Met trillende handen haal ik een stukje gedroogde zwam en een metalen ring uit de doos en leg ze naast elkaar. In de grijze duisternis kan ik niet goed zien wat ik doe, maar ik kan dit met mijn ogen dicht. Op de tast zoek ik de vuursteen en sla er stevig mee op de ring. Na een tijdje springt een vonk op, dan nog een paar. Zodra ze op de zwam belanden begint die aarzelend te branden.

Er is niet veel zuurstof in de kelder, en ik steek snel de kaars aan voor de vlam dooft.

Een flakkerend licht doorbreekt de duisternis. Ik draai me om en kijk de kelder in, die vol staat met kisten.

In eerste instantie denk ik dat ik het niet goed zie. De beelden dringen vertraagd tot me door.

De meeste kisten zijn van vermolmd hout, waar lijken in diverse stadia van ontbinding in liggen. Ook op de grond liggen lichamen, gehuld in doeken vol zwarte vlekken.

Mijn mond valt open en dan krimp ik ineen.

Ik zit opgesloten in een grafkelder vol pestslachtoffers.

Iets in mijn hoofd lijkt te exploderen. Een duizelingwekkende angstaanval doet me op mijn benen tollen, en ik moet steun zoeken bij de muur om niet te vallen. Mijn ademhaling klinkt zwaar, alsof ik gerend heb, en weerkaatst in de tombe.

Ik zet de blaker neer en duw tegen de steen die de toegang boven me verspert. Hij is loodzwaar. Hoe ik ook duw, ik krijg hem niet van zijn plaats.

Met mijn gezicht vlak bij de opening schreeuw ik om hulp. Het geluid weergalmt alsof de doden antwoorden.

Schichtig kijk ik om naar de kisten en lichamen. Het bloed jaagt door mijn lichaam, bonst in mijn oren.

Het graf is nog niet gesloten, wat betekent dat de priester nog moet komen om zijn zegen te geven. Of er worden nieuwe doden bijgezet zodra het licht is, maar dat kan nog uren duren.

Ik schreeuw het weer uit. De nagalm is nog angstaanjagender dan de stilte.

Door de spleet naast de deksteen komt niets dan stilte.

Wat had ik dan verwacht? Het is vast nacht. Ik ben alleen met de doden.

Koortsrillingen jagen over mijn lijf, en ik begin zo hevig te klappertanden en te beven dat ik bijna niet op mijn benen kan blijven staan.

Ik zoek een goede positie onder de opening van het graf, zet mijn handen tegen de deksteen en duw omhoog. Duw. Duw nog harder.

Zweet verschijnt op mijn voorhoofd, ik hijg, voel me duizelig worden.

Duwen, nog harder duwen.

Mijn armen trillen en er verschijnen vlekken voor mijn ogen. Het gaat niet, het gaat echt niet. Ik zit opgesloten, ik zal hier sterven.

Duwen, duwen!

Net als ik me op de trap wil laten zakken om in huilen uit te barsten, geeft de steen iets mee.

Ik slaak een kreet en duw met een kracht waarvan ik niet wist dat ik hem bezat, met gesloten ogen en mijn kiezen op elkaar. Een aanhoudend gekreun ontsnapt me terwijl ik de steen stukje voor stukje opzijschuif. Knarsend beweegt hij over de vloer.

De opening wordt breder; misschien net breed genoeg.

Ik houd mijn adem in en steek mijn hoofd erdoor. Even dreig ik vast te komen zitten, maar dat laat ik niet gebeuren. Ik pers mijn hoofd door de opening, voel mijn huid langs de stenen rand schrapen, maar ik voel geen pijn terwijl ik me naar het leven toe pers.

De rest van mijn lichaam gaat gemakkelijker. Als een slang kronkel ik door de spleet, en eindelijk kan ik eruit kruipen. Hijgend blijf ik een tijdje liggen. Ik leef, ik leef! Ik ruik naar de dood, maar ik leef.

Ik ga zitten en kijk om me heen. Nu weet ik waar ik ben: in de crypte van de nieuwe kathedraal, de Santa Maria del Fiore. Ze hebben me in de grafkelder gelegd van de oude kerk die is afgebroken, de Santa Reparata. Er moet een enorm tekort aan begraafplaatsen zijn als nu ook de oude grafkelders vol gelegd worden.

Met moeite kom ik overeind en zet een paar wankele stappen.

Bleek maanlicht valt over de trap die naar de crypte leidt. Ik beklim langzaam de treden en dan sta ik in het schip van de kathedraal.

Door het enorme gat, waarop nog een koepel gebouwd moet worden, waait een koude wind naar binnen, die fluitend rondtolt.

Koud over mijn hele lichaam strompel ik naar de uitgang. De deur is afgesloten, maar ik hoef alleen de grendel weg te schuiven om die te openen. Waarschijnlijk gaan de monniken na de mis via een andere weg naar hun nachtverblijf in het gebouw van de broederschap van de Misericordia, rechts van de Campanile. Dat is het dichtstbij, daar moet ik naartoe. De geestelijken zullen wel slapen, maar er is er altijd een die nachtdienst heeft. Die monnik zal me binnenlaten. Het is niet ver naar mijn eigen huis, maar Francesco slaapt erg vast en ik betwijfel of ik hem wakker zal krijgen.

Ik ga de trap af, met mijn armen beschermend om me heen geslagen.

Het is begin oktober en koud voor de tijd van het jaar. Ik heb niets aan mijn voeten en de wind lijkt dwars door mijn hemd heen te waaien. Huiverend loop ik om het enorme gebouw van de Santa Maria del Fiore heen naar de klokkentoren en steek het plein over naar de Misericordia.

Ik grijp de klopper van de deur en laat hem net zo vaak tegen het hout vallen tot er iemand komt.

Er wordt een grendel weggeschoven en de deur gaat een klein stukje open.

'Wie is daar?' vraagt een geestelijke zacht.

'Help me, vader. Ik ben Ginevra Agolanti en...'

De ogen van de man verwijden zich, en zijn gezicht vertrekt van angst. 'Gaat heen!'

'Laat me alstublieft binnen,' zeg ik.

'Nee, we hebben signora Agolanti gisteravond opgehaald en begraven!'

'Ik ben niet dood, ik leef.'

De monnik grijpt het kruis dat om zijn nek hangt en houdt het voor zich.

'Ga weg, geest! Val de levenden niet lastig.'

'Ik ben geen geest, ik leef! Alstublieft, help me. Ik heb het koud, ik ben ziek.'

Mijn klaaglijke stem jaagt de monnik alleen maar meer angst aan. Met een hese kreet gooit hij de deur dicht. De grendel schuift er weer voor.

Sommige doden blijven spoken. Ze hebben hun eigen sterven nog niet aanvaard, komen zich beklagen bij hun familieleden of proberen ze over te halen met hen mee te gaan. Het is niet vreemd dat de monnik me voor een geest aanzag, zo in mijn witte doodshemd.

Ik draai me om naar de piazza voor de kathedraal, die wordt verlicht door de sterren en de maan, alsof ze me willen begeleiden door de donkere stad. Nog niet zo lang geleden zou ik niet op mijn gemak zijn geweest, maar nu heb ik het gevoel dat ik nooit meer bang voor iets zal zijn.

28

De smalle Via del Campanile is stikdonker, maar het is de kortste weg naar huis. Ik beweeg me er op de tast doorheen, struikel af en toe bijna. Aan het eind van de steeg sla ik rechts af, de Corso op.

Verderop doemen de pilaren van de Loggia Neghittosa op; ik ben bijna thuis. Even later bons ik met de klopper op de deur. Als Francesco nou maar wakker wordt, of een van de bedienden. Maar die slapen helemaal op zolder.

De slagen van de klopper klinken luid door de nacht. Iedereen zou er wakker van moeten worden; waarom reageert niemand?

'Francesco!' Ik blijf lang roepen en op de deur kloppen. Er komt geen reactie, maar ik geef het niet op. Ik heb geen keus, ik overleef het niet als ik de nacht op straat moet doorbrengen.

Nog één keer probeer ik het met roepen. 'Francesco! Doe open!'

Boven mijn hoofd gaat een luik open.

'Wie is daar?' klinkt het wantrouwig.

Tot mijn verrassing is het Francesco zelf. Ik ga midden op straat staan, zodat hij me kan zien. 'Ik ben het, Ginevra! Doe open alsjeblieft!'

Francesco steekt zijn hoofd uit het venster en geeft een schreeuw. 'Dat bestaat niet! Mijn vrouw is dood! Ze is gisteravond opgehaald!'

'Ik ben niet dood! Ik ben uit het graf geklommen. Laat me binnen, Francesco!'

Die woorden lijken hem alleen maar banger te maken.

'Ga weg, ellendige geest! Laat me met rust!'

'Ik leef, dat zie je toch?' roep ik, maar Francesco slaat met een klap het luik dicht.

Verslagen kijk ik naar de voordeur en de *porta del morto* ernaast, de kleinere deur voor de doden. Ze zijn allebei afgesloten.

Via de porta zijn de lichamen van Francesco's eerste en tweede vrouw naar buiten gebracht, en op dezelfde wijze zal mijn lichaam het palazzo hebben verlaten.

De enige manier om te voorkomen dat de geest van een overledene invloed op je krijgt is hem negeren en de porta del morto stevig vergrendelen. Francesco zal me niet binnenlaten. Het huis met zijn gesloten luiken staat als een onneembare vesting voor me.

Ik kijk de donkere Via del Corso in.

Antonio. Hij zal me niet wegsturen: ik moet naar hem toe.

Mijn voeten komen als vanzelf weer in beweging.

Fiorenza is in stilte en schaduwen gehuld. Ik loop door een spookstad vol blinde gevels, gesloten luiken, lege straten.

Hier en daar staan deuren open, maar er is geen mens te zien.

Vele huizen zijn dichtgespijkerd, bijna alle deuren hebben een grote P en er hangt een misselijkmakende stank. Ik zwalk, struikel voortdurend en moet een aantal keer op adem komen. Eindelijk ben ik de straat door. De Mercato Vecchio ligt in een poel van maanlicht voor me. Zo druk als het er overdag is, zo stil is het er nu.

Ik klappertand van de koorts, sla rillend mijn armen om me heen en vraag me af of ik het wel ga redden, helemaal naar Antonio's huis. Mijn ouderlijk huis is veel dichterbij.

Ik steek de Mercato Vecchio over, sla de Via Pellicceria in en dan hoef ik alleen nog maar een steeg door om op de Piazza degli Amieri te komen. Mijn keel doet zeer en ik ril zo hevig dat ik bijna niet meer op mijn benen kan staan. Doodmoe klop ik op de deur. 'Mama,' fluister ik.

Ik blijf net zo lang kloppen tot ik iets hoor. Boven me gaat een deur open, iemand stapt het balkon op en kijkt over de balustrade. Een korte gil weerkaatst tegen de huizen.

'Mama!' roep ik schor. 'Ik ben het, Ginevra. Niet schrikken!'

Dat had ik net zo goed niet kunnen zeggen. Met haar handen tegen haar borst gedrukt kijkt mijn moeder me aan, haar gezicht krijtwit in het maanlicht. 'O nee, o nee,' zegt ze met trillende stem. 'Doe me dit niet aan. Heilige Maria, bescherm me.' Ze barst los in een litanie van gebeden en loopt langzaam achteruit.

'Niet weggaan! Mama, doe alsjeblieft open!' Er komt niet veel geluid uit mijn keel.

Mijn moeder slaakt een kreet en haast zich naar binnen. De deur gaat met een klap dicht, ik hoor de grendels ervoor schuiven.

Ik kijk om me heen. De piazza ligt er stil en verlaten bij. Geen luik gaat open, niemand gluurt om een deur.

Het dringt tot me door dat waarschijnlijk helemaal niemand open zal doen, nergens, en dat ik de ochtend niet zal halen. Ik zou terug kunnen gaan naar de kerk, maar daar is het nauwelijks warmer dan op straat.

Er is nog maar één optie.

Met moeite kom ik in beweging en slof ik de piazza af. Ik ga terug naar de Mercato Vecchio, de Via degli Strozzi in en vervolgens naar de Via Tornabuoni.

Woontorens steken af tegen de nachtelijke hemel, overal springen houten uitbouwsels uit die het maanlicht tegenhouden. Maar de duisternis jaagt me geen angst aan. In een waas van koorts sleep ik me voort.

Aan het einde van de straat zie ik de contouren van de kerk die gewijd is aan Santi Michele e Gaetano, en dan weet ik dat ik er bijna ben.

Op de hoek van de Via Tornabuoni blijf ik staan en kijk naar het huis naast de kerk. Een vertrouwd huis, waar ik als kind vaak binnen ben geweest. Een huis dat mijn thuis had moeten zijn.

Langzaam loop ik naar de deur. Ik pak de klopper en ik laat hem zonder veel kracht tegen het hout vallen. Meer dan wat getik komt er niet uit voort, maar ik geef niet op. Leunend tegen de deur blijf ik tikken, achter elkaar door.

Ik luister niet eens of er een reactie komt, hoor alleen het geklop en mijn piepende ademhaling. Na een tijdje houd ik op en leg mijn oor tegen de deur.

Stilte.

Wat nu? Ik kan nergens meer naartoe. Doodmoe laat ik

mijn hoofd tegen de deur rusten. Het zij zo. Ik kan geen stap meer verzetten.

Ik zak naar beneden en kruip tegen de deur aan. Met mijn armen om me heen geslagen maak ik me zo klein mogelijk en probeer wat warmer te worden.

Ergens in het huis klinkt geluid. Ik zou wel overeind willen komen om weer op de deur te kloppen, maar het is alsof ik wegdrijf. Misschien verbeeld ik het me ook maar, want het geluid herhaalt zich niet.

Mijn ogen vallen dicht.

Vaag ben ik me bewust van het geknars van ijzer op ijzer. Stemmen wervelen om mijn hoofd, maar de woorden bereiken me niet.

Ik ben gewichtloos geworden. Ik zweef, mijn ziel stijgt op. Kou en pijn zijn verdwenen, er is alleen nog warmte.

Ik glimlach en laat me meevoeren.

29

Op een gegeven moment gaan mijn ogen weer open. Om me heen is het licht en zonnig. Ik lig in bed in een ruime kamer waarvan de wanden gesierd worden door kleurrijke fresco's van het wapenschild van de Rondinelli's.

Ik ben in Antonio's huis. Ik leef.

Een onuitsprekelijk geluksgevoel golft door me heen. Ik leef!

Net als ik overeind wil komen, gaat de deur open. Emilia Rondinelli kijkt naar binnen.

Een glimlach trekt over haar gezicht. 'Je bent wakker!' Ze loopt naar me toe en legt haar hand tegen mijn voorhoofd. 'Je voelt een stuk minder warm, lieve kind. En je ziet er ook beter uit.'

'Hoelang ben ik hier al, signora Rondinelli?'

'Bijna twee weken. Ik heb voor je gezorgd, met de hulp van de bedienden. En van Antonio, natuurlijk.'

Antonio. Alleen al bij het horen van zijn naam lijkt mijn hart in mijn borst te buitelen.

'Hij is even weg, maar hij komt zo terug,' zegt Emilia, die

blijkbaar gedachten kan lezen. 'Hij heeft voortdurend aan je bed gezeten. Pas toen de koorts daalde durfde hij de zorg aan anderen over te laten.' Ze glimlacht en strijkt een lok haar uit mijn gezicht.

'En... Francesco?'

'We hebben hem niet verteld dat je hier bent. Eerst moet je maar eens beter worden.'

'Hij wilde me niet binnenlaten, en mijn moeder ook niet. Ze dachten dat ik een geest was. Daarom ben ik hiernaartoe gekomen.'

'Ik weet het, kind. Je hebt ze de stuipen op het lijf gejaagd, heel Fiorenza praat erover. In de kerken worden speciale missen gehouden vanwege jouw verschijning.'

'Moeten ze niet weten dat ik nog leef?'

'Nee,' zegt Emilia op besliste toon. 'Antonio en ik waren het erover eens dat je veel te zwak was voor al die commotie.' Ze aarzelt even en bekent dan: 'In eerste instantie wilde ik zelf ook de deur dichtdoen, maar Antonio ging naar buiten. Toen hij je zag liggen, heeft hij je opgetild en naar binnen gedragen.'

'Was hij niet bang dat ik een geest was?'

'Nee,' zegt Emilia. 'Hij twijfelde geen moment.'

Emilia brengt me soep, voert me alsof ik een klein kind ben en zegt dat ik moet rusten. Ik wil niet rusten, ik wil Antonio zien, maar zodra ik ga liggen worden mijn ogen zwaar.

Wanneer ik ze weer open, valt het licht van de namiddagzon naar binnen en zit Antonio op een stoel naast mijn bed. Hij leest een geschrift en heeft niet in de gaten dat ik wakker ben. Met een glimlach kijk ik naar hem.

Op een gegeven moment werpt hij een blik op mij en dan legt hij het geschrift meteen weg. Hij buigt zich naar me toe, pakt mijn handen en kust ze beurtelings. Zijn gezicht is heel dichtbij en zijn ogen staan zo zacht als ik nog niet eerder heb gezien.

'Elke keer wanneer ik denk dat ik je kwijt ben, kom je terug,' zegt hij. 'Wat zou dat betekenen, denk je?'

'Dat we voor elkaar bestemd zijn?'

'Dat kan niet anders. O, Ginevra, ik dacht dat je dood was! Ik zag dat je je huis uit werd gedragen en naar de Santa Maria del Fiore werd gebracht. Toen begreep ik dat een mens kan sterven van verdriet. Dat het niet alleen een uitdrukking is, maar dat het echt kan.' Opeens huilt hij, zonder enige gêne.

Ik bevrijd mijn hand uit zijn greep en leg hem tegen zijn gezicht. 'Ik had alleen het bewustzijn verloren. Toen ik bijkwam in die grafkelder...' Een huivering trekt door me heen.

'Dat moet verschrikkelijk zijn geweest.'

Opnieuw kust hij mijn hand. Niet mijn mond, wat ik zowel waardeer als betreur.

'Francesco,' zeg ik. 'Hij weet nog van niets, vertelde je moeder.'

'Nee, en je ouders ook niet.'

'Dat is wel wreed...'

'Ginevra, je had kunnen sterven omdat je moeder niet opendeed. Je bent haar dochter, ze had op zijn minst moeten controleren of je echt een geest was. Hetzelfde geldt voor Francesco. Toen ik je zag, was ik alleen maar ontzettend blij, het kwam geen moment bij me op dat je kwam rondspoken. En áls je dat had gedaan, had ik het niet erg gevonden.'

Ik glimlach, maar ben meteen weer ernstig. 'Je moet het mijn ouders vertellen. Beloof het me.'

'Ik wil het best beloven, maar bedenk wel dat ze zo blij zullen zijn dat ze hier meteen naartoe komen, en dan weet iedereen het. Ook Francesco.'

Vertwijfeld kijk ik voor me uit. Als we nu nog niets zeggen, hebben we nog een paar dagen samen. Dat is heel verleidelijk, al zal dat het afscheid alleen maar pijnlijker maken. Het hele proces van verlies, berusting en aanvaarding zullen we opnieuw moeten doormaken. Misschien is onze liefde voorbestemd, maar het was blijkbaar niet Gods bedoeling dat we ons leven samen zullen doorbrengen.

'Vertel het ze toch maar,' zeg ik. 'Als het uitlekt, is daar niets aan te doen. Ik kan ze dit niet aandoen.'

Francesco had al mijn kleding al verkocht. Op weg naar mijn ouderlijk huis heeft Antonio mijn japonnen zien hangen bij een vooraanstaande bottega die tweedehandskleding opkoopt. Zonder aarzelen heeft Antonio alles gekocht en mee naar zijn huis genomen.

Op de dag dat ik voor het eerst uit bed kom, spreidt hij het voor me uit.

Ik laat mijn hand over mijn lievelingsjapon glijden en vraag: 'Keek die verkoper niet vreemd?'

'Ik heb gezegd dat ik je kleding als aandenken wilde hebben.'

'En dat geloofde hij?'

'Waarom niet? Hij kent ons.'

Ik werp een blik uit het openstaande venster. Mijn slaapkamer ligt op de derde verdieping en het uitzicht op de stad in de herfstzon is prachtig. Een stad waarin iedereen ons inderdaad kent, en waar ik me nooit meer zal kunnen vertonen als duidelijk wordt dat ik, als getrouwde vrouw, in het huis van mijn vorige geliefde heb geslapen.

Maar voor het eerst in mijn leven word ik niet bevangen door vrees voor zonde, of door twijfel of ik de juiste beslissing neem. Die gevoelens heb ik meegenomen in mijn graf en daar achtergelaten toen een andere Ginevra opstond.

'Je zou naar mijn ouders gaan. Heb je ze gesproken?' vraag ik.

'Ja,' zegt Antonio aarzelend. 'Ze geloofden me niet.'

Verbaasd kijk ik hem aan.

'Echt waar. Ze denken dat ik de waarheid niet onder ogen wil zien. Toen ik ze jouw kleding liet zien, keken ze me aan alsof ik gek was geworden. Daarna begon je moeder te huilen en heeft je vader me het huis uit gezet.'

'Dus ze komen niet?'

Antonio neemt me in zijn armen. 'Natuurlijk wel, bella, maar niet vandaag. Ze zullen zich afvragen of ik misschien toch de waarheid heb gesproken, en dan komen ze. Ik ga, dan kun je je aankleden.'

'Welke zal ik aandoen?' Ik houd twee japonnen omhoog.

Antonio's blik gaat naar de eenvoudige donkerblauwe jurk die ik droeg toen we samen wegliepen. 'Die natuurlijk.'

30

De volgende dag komt Fra Giovanni me opzoeken. Ik zit in het woonvertrek te lezen.

Het is slecht weer; de regen slaat tegen het linnendoek in het venster. Binnen is het behaaglijk. Het vuur in de stookplaats werpt een breed schijnsel op de plavuizen vloer en verwarmt het vertrek goed. Op tafel staan kaarsen, de vlammen dansen bij iedere tochtvlaag.

Zodra ik de geestelijke binnen zie komen, sta ik op.

Hij blijft in de deuropening staan en staart me aan alsof hij zojuist een wonder heeft aanschouwd. Aarzelend loopt hij op me af met het ongeloof nog op zijn gezicht.

'Fra Giovanni.' Ik glimlach hem toe.

Hij glimlacht niet terug, begroet me niet, maar zet een verzilverde pot op tafel. Zonder iets te zeggen kijk ik toe terwijl hij de pot openmaakt en er een kwast uit haalt. Ik begrijp wat er komen gaat.

Fra Giovanni doet twee stappen in mijn richting, zwaait met de kwast en besprenkelt me met wijwater. Snel doet hij een paar stappen terug, om op veilige afstand het resultaat te bekijken.

Ik sta doodstil.

'U bent het echt,' zegt de monnik met zachte stem. 'Uit de dood herrezen. Ik kon het niet geloven, maar het is echt zo.'

'Ik ben nooit dood geweest, Fra Giovanni. Alleen ziek.'

'Wat is er gebeurd?'

We gaan zitten bij de stookplaats en ik vertel hem over mijn ziekte, de ontdekking dat ik te vroeg was begraven en mijn ontsnapping uit de grafkelder.

Sprakeloos hoort Fra Giovanni me aan. Hij schudt zijn hoofd en zegt: 'U bent dan wel niet uit de dood opgestaan, maar het blijft een wonder dat u die nacht hebt overleefd. Uw ouders vroegen me te controleren of het klopte wat signor Rondinelli vertelde, en of u met God of met de duivel teruggekeerd bent. Als u met de duivel was, zou u zich gebrand hebben aan het wijwater.'

Ik toon hem mijn handen en armen. 'U kunt mijn ouders vertellen dat ze niet bang hoeven te zijn.' Mijn stem klinkt koel.

Fra Giovanni zucht. 'Het moet vreselijk voor u zijn geweest, signora, maar ik kan me hun angst heel goed voorstellen.'

'Dat weet ik. U was zelf ook bang.'

'Ik was voorzichtig. Ik ben hiernaartoe gekomen met een opdracht, en die heb ik uitgevoerd. Het zal me een groot genoegen zijn om uw familie te vertellen dat u in levenden lijve en in goede gezondheid voor me stond.'

'Ondanks mijn moeder.'

Er valt een onbehaaglijke stilte.

'Is uw echtgenoot al op de hoogte?' vraagt Fra Giovanni.

'Dat denk ik niet.'

'Dan zal ik hem het straks vertellen, als u dat goedvindt. Wat een goed nieuws voor signor Agolanti. U zult zelf ook wel blij zijn om weer naar huis te kunnen, neem ik aan.'

Ik antwoord niet.

In de stilte die valt, verandert de uitdrukking op het gezicht van Fra Giovanni geleidelijk van tevreden in bezorgd. 'Is er een probleem?'

'Niet echt. Ik wilde u alleen vragen om een boodschap aan mijn echtgenoot over te brengen.'

'Natuurlijk, signora. Wat voor boodschap mag dat zijn?'

'Dat ik niet naar huis terugkeer.'

Zichtbaar uit het veld geslagen kijkt Fra Giovanni me aan. 'Ik vrees dat ik het niet goed begrepen heb, signora...'

'Ik denk van wel,' zeg ik. 'Ik ga niet terug naar mijn echtgenoot, Fra Giovanni. Mijn huwelijk was een vergissing. Ik ben misleid door mijn ouders en gedwongen te trouwen met een man van wie ik niet hou. Ik hou van Antonio, dat heb ik altijd gedaan.'

De rimpels en groeven in het gezicht van de broeder lijken zich te verdiepen. 'Ik begrijp uw gevoelens, maar wat wilt u dan? U kunt hier niet blijven. U bent wettelijk getrouwd met signor Agolanti, onder het oog en met de zegen van de Heer. U hebt beloofd uw echtgenoot te gehoorzamen en trouw te zijn, en een belofte aan God is onverbrekelijk.'

'Dat weet ik. Maar ik heb aan Antonio al veel eerder een huwelijksbelofte gedaan, en daarom beschouw ik hem als mijn echtgenoot.' Ik steek mijn hand uit en toon hem de ring met het rode wasbolletje.

Fra Giovanni kijkt ernaar. 'Voor God geldt alleen het wettig gesloten huwelijk, signora.'

'Voor mij niet. Wilt u die boodschap aan mijn echtgenoot overbrengen, Fra Giovanni?'

De geestelijke opent zijn mond om iets te zeggen, bedenkt zich en zucht. 'Dat zal ik doen, signora,' zegt hij met tegenzin.

In tegenstelling tot mijn ouders staat Francesco dezelfde dag nog voor de deur. Emilia laat hem binnen. Een beetje nerveus kom ik overeind uit mijn stoel bij de haard en vouw mijn handen.

Gekleed in een zwierige mantel komt Francesco het woonvertrek binnen en blijft staan. Op een paar passen afstand kijken we elkaar aan.

'Ginevra,' zegt hij zacht.

Ik weet niet wat ik moet zeggen, en dus zwijg ik.

Francesco loopt naar me toe en legt zijn hand tegen mijn wang. 'Je bent het echt. Je leeft!'

'Ja.'

'Hoe is dit mogelijk? Wat is er gebeurd?'

'Heeft Fra Giovanni dat niet verteld?'

'Jawel, maar ik kon het bijna niet geloven.'

'Ik heb het je anders zelf verteld, toen ik die nacht voor de deur stond.' Mijn stem klinkt koel.

Het valt hem blijkbaar op dat er iets veranderd is in mijn houding, want hij kijkt me onderzoekend aan.

'Waarom heeft het zo lang geduurd voor je iets van je liet horen?'

'Ik was ziek, Francesco. Ik was bijna alsnog gestorven,

omdat jij me niet wilde binnenlaten.'

'Ik dacht dat je uit de dood was opgestaan, dat je geest aan me verscheen. Het was midden in de nacht en je stond daar, in dat witte hemd... Ik schrok me wezenloos. Dat begrijp je toch wel?'

'Ik stond midden in de nacht op straat, met alleen een hemd aan en ik was ziek. Ik riep naar je dat ik geen geest was, en je nam niet eens de moeite om dat te controleren. Je kwam niet naar beneden, je gooide het luik dicht en liet me daar staan.' Mijn stem klinkt beheerster dan ik me voel, vanbinnen kolken boosheid en verwijten door elkaar.

Blijkbaar zijn die emoties van me af te lezen, want voor het eerst bespeur ik iets van onzekerheid bij Francesco.

'Ik begrijp dat je teleurgesteld bent, maar...'

Zonder er rekening mee te houden hoezeer hij daar een hekel aan heeft, onderbreek ik hem. 'Ik ben niet teleurgesteld, ik ben boos. Ik had je nodig en je liet me in de steek.'

'Ginevra, liefje, ik dacht...'

'Ik dacht dat een huwelijk inhoudt dat je op elkaar kunt rekenen. Ik heb beloofd je gehoorzaam te zijn, en jij hebt beloofd om me te beschermen. Dat heb je niet gedaan, Francesco.'

Vol ongeloof kijkt hij me aan. Nog voor hij iets kan zeggen ga ik door, en mijn woorden klinken even vastbesloten als ik me voel.

'Ik ga niet met je mee. Het kan me niet schelen of dat zondig is, wat mijn ouders willen, wat de mensen ervan zullen zeggen en wat jij ervan vindt. Je hebt je belofte verbroken, en daarom hoef ik me ook niet langer aan die van mij te houden. Antonio heeft me wel de bescherming en verzorging gegeven die ik nodig had, en daarom beschouw ik hem als mijn man. Ik blijf bij hem.'

Even is Francesco verbijsterd, dan wordt hij kwaad. 'Denk je dat je daar zelf over kan beslissen? Je bent nog altijd mijn vrouw, Ginevra, en als ik zeg dat je mee naar huis gaat, dan ga je mee.'

'Nee,' zeg ik, en ik doe een stap naar achteren.

Totaal uit het veld geslagen staat hij daar, mijn echtgenoot. Waarschijnlijk had hij gedacht me gewoon te kunnen ophalen, me desnoods onder dwang naar huis terug te kunnen voeren. Dat kan hij nog steeds, maar ik zie de twijfel op zijn gezicht. Even koester ik de hoop dat hij zich erbij neer zal leggen, maar dan vertrekt zijn mond tot een strakke streep.

'Als je niet onmiddellijk meegaat, klaag ik je aan wegens overspel. Je weet wat dat inhoudt, toch?'

Ik weet het. Een vrouw die overspel pleegt, kan verstoten worden door haar man, die vervolgens van haar kan scheiden. In dat geval mag hij hertrouwen, maar zij niet, wat erop neerkomt dat ze eenzaam en berooid door het leven zal gaan.

'Ik heb geen overspel gepleegd,' zeg ik fel. 'Ik had geen andere keus dan hiernaartoe te gaan. Als jij open had gedaan, was ik nu gewoon thuis geweest.'

Francesco schudt geërgerd zijn hoofd, grijpt me bij de arm en trekt me mee. Ik verzet me, maar ben geen partij voor hem. Hij sleurt me mee naar de deur, en daar staan Antonio en Fra Giovanni.

'Eén moment.' Antonio gaat wijdbeens voor ons staan.

'Opzij!' snauwt Francesco. 'Ginevra is mijn vrouw en ze gaat met mij mee terug.'

Ik maak van de gelegenheid gebruik om me los te rukken en buiten zijn bereik te gaan staan. Mijn ogen vinden die van Antonio, die me geruststellend toeknikt en dan zijn blik weer op Francesco richt.

'Ginevra heeft gelijk,' zegt hij koel. 'Een fijne echtgenoot ben jij, dat je je vrouw aan haar lot overlaat. Ooit van een geest gehoord die het koud heeft, loopt te hoesten en zegt dat ze nog leeft? Ze had dood kunnen gaan als ze niet hiernaartoe was gekomen.'

'Goed, ik geef toe dat ik de situatie verkeerd beoordeeld heb. Maar dat neemt niet weg dat Ginevra mijn vrouw is, en dat ik het recht heb haar mee naar huis te nemen.' Francesco gaat vlak voor Antonio staan, maar die geeft geen krimp.

'Fra Giovanni,' zegt hij, 'wilt u signor Agolanti vertellen wat u mij net verteld hebt?'

Francesco wendt zich tot de geestelijke. 'Wat kan dat zijn? Ik ben haar wettige echtgenoot, ze heeft te doen wat ik zeg! Ze mag blij zijn dat ik haar niet aanklaag wegens overspel.'

Fra Giovanni blijft heel rustig.

'Het hoofd zijn in een huwelijk heeft niets te maken met de baas spelen, maar met verantwoordelijkheid nemen,' zegt hij. 'Een man hoort leiding te geven en zijn vrouw te beschermen. Zo heeft God het bedoeld. De vrouw moet haar man liefhebben, eren en vrezen, maar die laatste twee plichten komen voort uit de eerste: de liefde. Met vrezen wordt niet bedoeld dat zij bang voor hem moet zijn. Zij moet hem respect tonen. Dat heeft uw vrouw gedaan, signor Agolanti, door rechtstreeks naar u toe te komen. Toen u haar niet binnen wilde laten, is zij naar haar ouders gegaan, die haar eveneens buiten lieten staan. Daarna had zij geen andere keus dan de familie Rondinelli om hulp te vragen. Ik zie geen enkele reden om dat overspel te noemen. En door te weigeren haar binnen te laten hebt u, signor Agolanti, zich niet aan uw huwelijksgelofte gehouden. Feitelijk hebt u uw recht op haar verspeeld.'

Er valt een stilte die bol staat van de spanning. Ik houd mijn adem in, kijk naar Antonio, die rustig maar alert mijn echtgenoot in de gaten houdt, en vervolgens naar Francesco. Die is erg bleek geworden.

'Wat wilt u daarmee zeggen, vader?' vraagt hij, uiterlijk beheerst.

Het antwoord van Fra Giovanni is even kalm. 'Dat Ginevra vrij is om te gaan waar zij wil, signor. Ik heb het vanmiddag nagevraagd bij de clerus van de stad, en zij bevestigden dat.'

De spieren in Francesco's nek zwellen op. Vol nauwelijks onderdrukte woede kijkt hij Fra Giovanni aan, maar een geestelijke aanvallen durft zelfs hij niet. Hij draait zich bruusk om naar mij, en meteen staat Antonio tussen ons in.

Francesco werpt me een kille blik toe. 'Prima, dan blijf je hier. Voorlopig dan. Ik ga dit voor de rechter brengen en dan zullen we zien wie hier geen rechten meer heeft. En denk maar niet dat ik je daarna nog zo voorkomend zal behandelen als ik tot nu toe heb gedaan.'

Na die woorden beent hij zo plotseling de deur uit, dat hij Fra Giovanni bijna omverloopt.

Als de voordeur achter hem dichtvalt, loopt Fra Giovanni de hal in, waar Emilia staat.

Antonio trekt mij mee de woonkamer in.

'Francesco zal het er niet bij laten zitten,' zeg ik nerveus. 'Hij gaat het voor de rechter brengen. Misschien moeten we Fiorenza maar verlaten.'

'Wij gaan helemaal niet weg. Weet je dat je volkomen gelijk had in wat je allemaal tegen Francesco zei? Een huwelijk bestaat uit rechten en plichten, voor beide partijen. Ik heb staan luisteren en in stilte voor je geapplaudisseerd.'

'Maar vindt de rechtbank dat ook? Ik weet het niet... Ik kan niet naar hem terug, Antonio. Nu helemaal niet meer!'

'Je hoeft niet terug. En als het wel moet, gaan we er alsnog vandoor.' Hij trekt me tegen zich aan, kust me. 'Maar zover zal het niet komen, want wat Fra Giovanni zei klopt.'

'Echt waar?'

'Ja, de Bijbel zegt het ook. Gods boek geeft ons gelijk.'

Een brede glimlach trekt over mijn gezicht. Ik sla mijn armen om zijn hals en zeg: 'Misschien is het dan toch niet zo gek wat daar allemaal in staat.'

EPILOOG

Het verhaal van Ginevra degli Amieri leeft nog altijd voort in Italiaanse volksverhalen. Er bestaan verschillende versies van, omdat er door de eeuwen heen steeds elementen van het verhaal zijn veranderd.

Het oorspronkelijke verhaal is niet meer te achterhalen, maar in de oudste bronnen is te vinden dat Ginevra's wederopstanding tijdens de pestepidemie van 1396 plaatsvond.

Wat mij zo aantrekt in deze geschiedenis is niet alleen de prachtige ontknoping ervan, maar ook de moed die Ginevra toonde om, nadat ze genezen was, alles en iedereen te trotseren en bij Antonio te blijven. Dat was voor die tijd geen kleinigheid.

In het oorspronkelijke verhaal kwam de vlucht van Ginevra en Antonio naar Bologna niet voor, evenmin als de verlichte ideeën van Antonio. Die verhaallijnen heb ik er zelf bij bedacht.

Nadat Ginevra was verpleegd in het huis van Antonio Rondinelli en weigerde terug te gaan naar haar echtgenoot, eiste

Francesco Agolanti voor het gerecht zijn vrouw op.

De rechtbank hoorde beide partijen en sprak uiteindelijk zijn oordeel uit over deze ongebruikelijke zaak: 'Het huwelijk is door de dood ontbonden van wie is afgelegd en begraven, ook al keert hij of zij tot de levenden terug.'

Daar kwam bij dat Francesco zijn vrouw in de nacht van haar ontsnapping uit het graf geweigerd had binnen te laten. Daardoor verloor hij zijn rechten over haar en moest hij haar als dood beschouwen. Ginevra was vrij om te trouwen met wie zij wilde.

Of Ginevra en Antonio werkelijk geleefd hebben is niet zeker, maar de families Degli Amieri en Rondinelli hebben wel echt bestaan. Beide families zijn oude Florentijnse geslachten, te herleiden tot in de vijftiende eeuw.

Het palazzo van de familie Degli Amieri bevond zich op de Piazza degli Amieri, een pleintje tussen de huidige Via Pellicceria en Via Calimala, achter de Mercato Vecchio. Op een oude kaart heb ik het pleintje kunnen terugvinden.

Op internet is een foto van het huis, Torre degli Amieri, te vinden, die is gemaakt vlak voor het in 1881 werd afgebroken.

Niet alleen het palazzo verdween. In de negentiende eeuw viel een deel van de oude Florentijnse binnenstad ten prooi aan de modernisering. Op de plek van de Mercato Vecchio en de Piazza degli Amieri ligt nu de Piazza della Repubblica.

De Rondinelli's bezaten meerdere huizen, onder andere aan de Canto dei Carnesecchi, die tegenwoordig de Via dei Rondinelli heet.

Op het Borgo San Lorenzo staat nog altijd de middeleeuwse Torre dei Rondinelli. Boven in de toren is nu het Osservatorio Ximeniano gevestigd, een meteorologische en seismologische observatiepost.

Het huis waar Antonio woonde en waar Ginevra na haar ontsnapping uit de graftombe verbleef, stond in de Via Tornabuoni. Die straat heette in de middeleeuwen de Via dei Belli Sporti, de straat van de Mooie Ramen, maar werd in de veertiende eeuw ook de Via Tornabuoni genoemd. Het gebeurde wel vaker dat straten en pleinen in de volksmond de naam kregen van machtige inwoners ervan. Bij de Piazza degli Amieri was dat ook het geval.

Het huis van Antonio staat naast de kerk Santi Michele e Gaetano, recht tegenover een herenhuis dat nu Palazzo Larderel heet.

Het huwelijk van Ginevra en Francesco werd gesloten in de Loggia Neghittosa, een open ruimte, omgeven door pilaren, waar veel familieaangelegenheden plaatsvonden.

De loggia werd ook wel de Loggia Agolanti genoemd omdat hij zich tegenover het palazzo van Francesco Agolanti bevond. Dat palazzo besloeg het hele blok en grensde aan de Via de' Tosinghi, de Via dei Calzaiuoli en de Via del Corso. Omdat oude bronnen spreken van de Corso als de straat waarin hij woonde, bevond zich daar waarschijnlijk de hoofdingang van het palazzo.

Helaas is de Loggia Neghittosa afgebroken. Op de hoek van de Via delle Oche en Via de' Tosinghi herinnert een gedenkplaat aan deze plek.

De Santa Maria del Fiore heeft het lange tijd zonder de beroemde koepel moeten doen. Vóór de kathedraal gebouwd werd stond de veel kleinere kerk Santa Reparata op die plek. Toen besloten werd dat Florence een kathedraal nodig had, is die om de oude kerk heen gebouwd. In 1380 was de Santa Maria del Fiore af en werd de Santa Reparata afgebroken.

Alleen de koepel moest er nog komen, wat de bouwkundigen in die tijd voor een groot probleem stelde, want hoe maak je zoiets?

Uiteindelijk werd pas in 1420 aan die klus begonnen, door Filippo Brunelleschi. Al die jaren bleef de kathedraal ongebruikt. Er werd geen provisorisch dak gemaakt; regen en wind hadden er vrij spel. Pas in 1436 werd de kathedraal ingewijd en kreeg hij de bijnaam Duomo (koepel).

De naam Santa Maria del Fiore is afgeleid van de oude naam van de stad: Fiorenza.

Tegenover de toren van Giotto, die deel uitmaakt van de Santa Maria del Fiore of Duomo, ligt een smalle straat die de Via del Campanile heet. Die loopt naast het gebouw van de Broederschap della Misericordia, waar Ginevra om hulp kwam vragen nadat ze uit haar graf was ontsnapt.

Vervolgens wankelde ze de Via del Campanile in, die later de bijnaam Via della Morte kreeg. Een tabernakel met een afbeelding van de Madonna herinnert aan Ginevra's opstand uit de dood.

Als je vervolgens rechts afslaat, kom je bij het palazzo waar ze met Francesco woonde, tegenover de gedenkplaat van de Loggia Neghittosa.

Ik ben Ginevra's verhaal op het spoor gekomen door een vermelding ervan in *Renaissance in mei* van Hélène Nolthenius. Arthur van Schendel heeft zijn bewerking van het verhaal opgenomen in zijn *Florentijnsche verhalen.*

In 1840 heeft Agostino Ademello in zijn boek *Marietta de' Ricci, avvero Firenze al tempo dell'assedio Firenze. Racconto storio* uitgebreid verslag gedaan van Ginevra en Antonio. Veel feiten die hij noemt komen uit het archief van Fiorenza.

Ademello verwijst ook naar een zeventiende-eeuwse historicus, Ferdinando Leopoldo del Migliore, die in 1684 over Ginevra schreef in *Firenze, città nobilissima illustrata.*

Voor de verlichte ideeën van Antonio heb ik gebruikgemaakt van het boek *Geschiedenis van de wetenschap in de Oudheid en Middeleeuwen*, van Hans Joachim Störig.

Het gesprek dat Antonio met Ginevra over sterrenkunde voert, klopt niet helemaal, omdat de theorieën van Aristoteles niet geheel correct waren. In de klassieke tijd was men ervan overtuigd dat de aarde het middelpunt van het heelal vormde, en dat de andere planeten en sterren om de aarde heen draaiden. De Poolse wiskundige Nicolaus Copernicus (1473-1543) stelde vast dat de aarde niet het middelpunt maar onderdeel van het heelal is. Een eeuw later werd hij gesteund door de beroemde astronoom Galileo Galilei (1564-1642).

Ik spreek een beetje Italiaans, maar niet genoeg om oude teksten helemaal te kunnen begrijpen. Femke Roobol heeft ze voor me vertaald, waarvoor ik haar hartelijk wil bedanken.

Ook wil ik de Florentijnse boekhandelaar Claudio Giovacchino en zijn vrouw Matilda Colarossi bedanken, voor het beantwoorden van mijn vragen over de bouw van de Santa Maria del Fiore.

Cécile van Son van de bureauredactie heeft met veel toewijding het ingeleverde manuscript geredigeerd. Het was heel prettig om met haar samen te werken.

Een speciaal bedankje is voor Monique Postma, mijn redacteur, met wie ik jaren geleden al eens aan dit boek heb gewerkt. Ik heb het toen niet afgemaakt en het belandde in mijn werkkast. Het was heel bijzonder om *Ginevra* alsnog samen af te ronden. Zoals altijd heb ik veel aan haar bespiegelingen en redactioneel commentaar gehad.

Meer lezen van Simone van der Vlugt
bij Ambo|Anthos *uitgevers*?

De reünie
Beste thrillerdebuut 2004 door Crimezone
Nominatie voor de NS Publieksprijs 2005

Schaduwzuster

Het laatste offer
Nominatie voor de NS Publieksprijs 2007

Blauw water
Nominatie voor de NS Publieksprijs 2008
Nominatie voor de Gouden Strop 2008
Winnaar Zilveren Vingerafdruk 2009

Herfstlied

Jacoba, Dochter van Holland

Op klaarlichte dag
Winnaar NS Publieksprijs 2010
Beste Nederlandstalige thriller 2010 door Crimezone

In mijn dromen
Nominatie voor de NS Publieksprijs 2012

Rode sneeuw in december

Aan niemand vertellen
Nominatie voor de NS Publieksprijs 2013

Morgen ben ik weer thuis

Vraag niet waarom

De ooggetuige & Het bosgraf

De lege stad

Nachtblauw

Toen het donker werd

Met Wim van der Vlugt
Fado e Festa. Een rondreis door Portugal
Friet & Folklore. Reizen door feestelijk Vlaanderen

Simone van der Vlugt ontving in 2006 de Alkmaarse Cultuurprijs voor haar tot dan toe verschenen werk.